SPIDER

徳間文庫

山田正紀・超絶ミステリコレクション#2

囮捜査官 北見志穂1

山手線連続通り魔

山田正紀

徳間書店

囮捜査官
北見志穂1
山手線連続通り魔

目次

NTS

CONTE

Design　円と球

著者の言葉

ここにこうして「囮《おとり》捜査官　北見志穂」シリーズが無事に復刊される運びとなった。なにしろ、めでたい。ありがたい。

私としてはこのシリーズはとりわけ愛着が深い——多少は自信もある——作品であるだけに喜びもひとしおである。読者の皆様に心の底から感謝を捧《ささ》げたい。

あまりにありがたいお話でありすぎるために、「囮捜査官　北見志穂」の続編を書くつもりになった。「囮捜査官」令和篇というか、「シーズン2」は、これらシーズン1が刊行されたのちに、順次、刊行される（はず）である。

シーズン2は、「街シリーズ」なる趣向を考えていて、とりあえず「渋谷」、「新宿」、「湾岸篇」と書きついでいこうと思っている。

なにしろ、シーズン1からシーズン2まで、三十年近い時間が経過しているので、この「囮捜査官　北見志穂」では平成という時代がなかった、という設定にしなければならない。そうしなければどうにも話のつじつまが合わないからである。

シリーズの整合性を保つためには、既巻の5をシリーズから外す必要がある。5を外し、そのかわりにシーズン2ともいうべき、新作を書くことにした。

平成版ガメラでは「亀が存在しない世界」という設定になってるでしょ。あれですよ。あれに倣って「囮捜査官　北見志穂」では昭和からいきなり令和に年号が変わる、というわけなのだ。何てご都合主義な、とお怒りの向きもおありかもしれないが、どうか作者の苦肉の策をお察しになり、お許しいただければ、と切にお願いする。

「シーズン1」全冊は、当時の担当編集者の方との二人三脚で、ちょっと自分でもほかに記憶がないほどの猛スピードで書きあげた。

ごくわずかな読者にしか気づいていただけなかったが、男社会で若い女性が働くことの苦労、その理不尽さ、不条理さを裏テーマに潜ませたつもりであった。そのテーマはいまや、ますます今日《こんにち》性を孕《はら》んでいるはずで、その意味でも「シーズン2」の執筆はなおさらに頑張りがいがあるのではないだろうか。頑張ります。

「囮捜査官　北見志穂」シリーズ、「シーズン1」、「シーズン2」ともに、ご声援、ご支持をいただければ、作者にとって、これにまさる喜びはない。よろしくお願いします。

SHIHO

囮捜査官　北見志穂 1

山手線連続通り魔

KITAMI

プロローグ

電車が大崎を出た。
品川に向かう。
朝、八時五十分。
混んでいる。
いつものことだ。
それなのに慣れない。
いつまでたっても慣れないのだ。
暖房がききすぎていた。
暑いか寒いかのどちらかだ。

その中間はない。

慣れるはずがない。

ほとんど身動きできない。タバコと安ポマード、それに汗の匂い。型枠にはめ込まれたように吊革につかまったままピクリとも動けない。こんななかでスポーツ新聞を読もうとするバカがいる。着膨《きぶく》れしたコートが体を圧迫する。ハンドバッグの金具がチクチクと腰を刺す。そう、こんなことに慣れるはずがない。

だれもが汗ばんでいる。ジッと苦痛に耐えている。家畜の顔をしていた。

彼女もそのひとりだ。

汗ばんでいた。

上唇に汗が溜まる。

ときおりそれを舌の先で舐《な》める。

どうして汗はこんなに血の味に似ているのだろう?

腋臭《わきが》が気になる。

今朝、スプレーはしてきただろうか。

どんなに思いだそうとしても思いだすことができない。意識を集中させることができない。

それというのもスカートに指が這《は》っているからだ。最初は遠慮がちに、しかし、しだいに図々しく指が尻《しり》に食い込んでくる。汗ばんだショーツの感触がその指の先に残るような気がする。触られているというそのことより、相手の指に残る感触のほうが気にかかる。そのことが、自分でも解せない。

振り返って、相手の顔を確かめたいが、満員電車はそんなわずかな動きも許さない。気にしないことにした。

ラッシュアワーの電車に乗ればこんなことはしょっちゅうだ。声をだせば自分のほうが恥ずかしい思いをする。それに、声をあげたところで、誰も助けてはくれない。

いいよ。

好きなだけ触りなさいよ。

どうせすぐに電車を降りる。それまでの辛抱なのだから。

「…………」

スカートに這う指の感触を忘れようと中吊広告に視線を向ける。

美人アナウンサーが婚約をした。美人タレントが不倫相手とのデートを撮影された。

美人モデルが麻布の高級マンションで若手脚本家と同棲している……

不公平だ。それなのに美人でないわたしはこんな満員電車につめ込まれて痴漢にあっている。

ふとスカートに受ける感触が変わったのを覚えた。

指ではない何かべつのものが押し当てられるのを感じた。熱くて太くて硬い。それが尻の割れめに食い込んでくるのだ。それが何であるか考えたくはないが考えないわけにはいかない。

——やだあ、気持ち悪い。

彼女は眉のあいだに皺《しわ》を寄せた。おぞましさに声をあげてしまいそうだ。

もう一度、なんとか首を動かして振り返ろうとする。こんなことをする男がどんな顔をしているのかそれを確かめてやりたい。にらみつけてやるのだ。しかし乗客と乗客のあいだに体を挟まれてどうしても振り返ることができない。あきらめるしかないのだろうか。

相手はしきりに体を動かしているようだ。ハア、ハアと息が荒くなってくる。その熱く湿った息を首筋に感じる。全身が鳥肌だってくるのを覚えた。なんとか体をずらして避けようとするのだが、それは正確に尻の割れめを突いてきて逃さない。

その動きがしだいに速まってくる。マラソンのラストスパートのように息が苦しげにかすれる。そして――

彼女はスカートに異物感を覚えたのだ。

山手線

1

十二月三日、火曜日——

朝、八時三十分。

北見志穂《きたみしほ》は渋谷から山手線に乗って品川駅に降りた。

品川駅は山手線ばかりではなく京浜急行線や都営浅草線も入ってくる。

当然、朝のこの時刻には大変な混雑ぶりになる。通勤、通学の人たちが群れをなして足早に歩きすぎる。ラッシュアワーはいまがピークだ。その靴音、話し声、列車の発着を告げるアナウンスなどで、駅の広い構内が、わあん、とこだましていた。

志穂はひとりの男を追っていた。

ジーンズにジャンパー、どこにでもいる目立たない若い男だ。渋谷駅からおなじ車両に乗り、目を離さないようにしていたのだが、五反田を過ぎたあたりから、その姿を見失っていた。

五反田で高校生たちがドッと乗り込んできて、押され押し戻ししているうちに、男が車両のどこにいるのかわからなくなってしまった。

男が品川駅に降りるのはあらかじめわかっていた。最初のうちは、その姿を見失ってもたかをくくっていたのだ。

品川駅に着けば、すぐに見つかるだろうと思っていたのだが、これは志穂の見通しが甘かった。朝のラッシュアワーはそんななまやさしいものではなかった。

電車のドアが開いたとたん、大勢の人たちがホームに降りていく。とてもそのなかからひとりの人間を探しだすことなどできそうになかった。

懸命に視線を周囲に走らせたが、男の姿はどこにもない。人々と逆方向に歩いたり、あからさまにホームを見まわしたりすれば、自分の姿が目立ってしまう。そんなことをすれば囮が囮でなくなってしまう。あきらめて人々の流れに逆らわずに歩いていくしかなかった。

見失ったといえば、おなじ車両に袴田《はかまだ》刑事が乗りあわせていたはずなのだが、その姿もどこにも見えない。

袴田は志穂の身を護《まも》るのが仕事だ。

もちろん護っているのを被疑者に見すかされてはならない。近づくのは論外だし、かといってあまり離れすぎてもいけないのだ。満員電車のなかでは難しい仕事だ。

袴田は風采のあがらない、初老のじじむさい男だ。

どうひいきめに見ても、自分の命をあずけて、頼りになりそうな人物ではない。

志穂にさえわからないように、巧妙に人々のなかにまぎれ込んでいるというなら立派だが、どうもそういうことでもないらしい。

単純に満員電車のなかではぐれてしまったと考えたほうがいいのではないか。

護るべき人間とはぐれてしまったのでは、護衛が護衛にならない。あまりといえばあまりに無責任すぎる。

袴田は敏捷《びんしょう》でもないし、腕力に優れているようにも見えない。もともと所轄の防犯課にいたということだが、どちらかというと荒っぽい仕事より、風俗関係の取り締まりを得意にしていたらしい。

科捜研の特別被害者部《SVB》に出向してきたというのも、それだけ本庁で必要とされていないからで、要するに無能だからではないか。

ほんとうにこれで護衛の役がつとまるのだろうか、と少々心もとないところもあったのだが、まさかここまで無責任だとは考えていなかった。

——冗談じゃないわよ。

胸のなかでそうぼやかざるをえない。

今日は囮捜査官として仕事をする晴れがましい一日めなのだ。その一日めに、志穂は被疑者を見失い、袴田は志穂を見失った。こんなことでは先が思いやられようというものである。

被疑者の男を見失ったまま、ホームから駅構内の階段をのぼっていく。ほんとうなら男を探しだしたいところだが、ラッシュアワーの流れに押されて、足をとめるなど思いもよらないことだ。

まるでレミングの群れだ。群れの進行に逆らって動くことなど不可能だ。立ちどまるのはもちろん、体の向きさえ変えることができない。ただ人に押され、人を押して、階段をのぼっていくほかはない。

駅の構内にあがる。

品川駅は臨時ホームも加えればホームの数が十もある。

そのホームからホームに移動する人たち、それに駅を出入りする人たちで、構内は埋めつくされている。人いきれで体がムッと汗ばんでくるのを覚える。ただもう、わあん、という騒音で駅が震えていた。

「…………」

足をとめた。

緊張感がよみがえるのを覚えた。

さりげなく駅の掲示板のかげに入る。そこで人を待っているふうを装う。顔はあらぬほうに向けている。しかし、その視界の隅に、その男の姿を確実にとらえていた。

被疑者の若い男がそこにいた。

自動販売機のまえに立って缶コーヒーを飲んでいた。

一口飲んでは、ぼんやりと構内を行きかう人々を見つめている。つぎの一口を飲むまでにずいぶん時間がかかる。ほとんど自分が缶コーヒーを手にしているのを忘れているかのようだ。

被疑者の名前は阿《あ》部貢《べみつぐ》、郷里は島根だが、予備校に通うため、アパートでひとり暮らしをしている。二十歳という年齢からもわかるように、すでに二浪をしていて、近頃ではほとんど実家に帰ることもないらしい。家賃などは仕送りに頼っているようだが、生活費はアルバイトでまかなっている。

予備校に通いながらのアルバイトは大変なはずで、おそらく、かつかつの生活を送っているのだろう。事実、近所の評判では真面目一筋でとおっているのだが、要するにこれは遊ぶ余裕がないということでもある。

若い男のひとり暮らしだ。

朝食を食べてきたとは思えない。

缶コーヒーが朝食がわりなのだろうが、それにしてはほとんどコーヒーに口をつけようともせず、ぼんやりと駅を行きかう人たちを見ているのがいぶかしい。

まるでコーヒーを飲むのが目的ではなく、人々を見るのが目的のようだ。

ろくに顔も洗っていないらしく、その顔はくすんで、青白く、ただ不精髭《ぶしょうひげ》だけがまばらに目立つ。

ただ、駅を行きかう人たちを見ている。

しかし熱心に見ているようではない。

現実にはその目は何も見ていないのではないか。

放心して淋しげだ。

その表情を見るかぎり、志穂にはどうにも信じられずにいるのだが。

この淋しげで、まわりから真面目と思われている若者が、女を殺した嫌疑をかけられているのだ。

映画のフラッシュバックのように死んだ女の姿が頭をかすめた。

首を絞められトイレのブースに押し込められていた。鼻と口から血を流していた。ブースの壁に背をもたせかけ、便器の蓋《ふた》に腕をおいて、足を投げだし死んでいた。

電池の切れた人形のようだ。

人形は電池を入れ換えれば動きだすが、女は死んでもう動かない。

ちょうど一週間まえの火曜日——

朝、九時二十五分、品川駅の女子トイレを掃除しようとした清掃員が死体を発見し、警察に通報した。

現場の状況、および被害者周辺の聞き込み調査から、顔見知りの犯行ではなく、いわば通り魔的な犯行と判断された。

そしてその有力な被疑者として阿部の存在が浮かんできたのだった。

阿部もまた清掃会社に雇われ、品川駅の清掃アルバイトをしていた。毎週、その日は休みのはずなのに、先週の火曜日の朝、その姿を品川駅で見かけたという証言がある。
そしてふたたび、休みの火曜日に、こうして品川駅に出てきている。
阿部は人々を見るのに飽きたようだ。
ふいにコーヒーの缶を手のなかで握りつぶした。
そして乱暴にゴミ箱に投げ捨てた。
志穂の頭のなかでそのコーヒー缶と死んだ女の姿がだぶって重なった。
いい、いい、飲みほされて、用がなくなったとたんに、つぶされ捨てられた。
——ほんとうにこの人が通り魔なのだろうか？
阿部が動いた。
自動販売機を離れた。
駅の雑踏のなかに踏み込んだ。
その姿が人々のあいだにまぎれた。
志穂も動かなければならない。
もう被疑者を見失ってはならない。
任務と責任がある。
警視庁・科学捜査研究所（科捜研）の特別被害者部に所属している。

志穂は、囮捜査官なのだから。

2

阿部は殺害現場のトイレに向かう。

品川駅はマンモス・ステーションだ。

トイレはひとつではない。

女が殺された現場は橋上トイレと呼ばれている。

京浜東北線のホームをあがった右手に通路がある。

ホームをまたいだ跨橋《こきょう》通路だ。

幅が三メートルたらず、横丁というよりトンネルの印象が強い。

通路を入って左手に大衆飲み屋がある。

右手にはホームをのぞむ窓があり、そこが喫煙所、さらに奥に進むと男子トイレ、ほとんど突き当たりに女子トイレがある。

橋上トイレと呼ばれる所以《ゆえん》だ。

朝の八時から九時の間といえば、駅がもっとも混雑する時刻だろう。どうしてこんな人目の多い時間を選んで犯人は凶行におよんだのか？　その疑問はもっともだが、それもこの跨橋通路を見れば納得できるはずだ。

朝、この跨橋通路は人影もまばらで、品川駅のなかにあるとは思えないほどひっそりしている。

考えてみればそれも当然で、飲み屋は閉まっているし、通勤通学の一分一秒をあらそう時間に、こんなところで悠長《ゆうちょう》にタバコを吸っている暇人は少ない。

用があるとすればトイレだろうが、この橋上トイレはけっしてわかりやすい場所にあるとはいえない。駅のホームにもトイレはあるし、よほど品川駅を知悉《ちしつ》している人間でなければ、こんなところにトイレがあるとは思わないだろう。

女は暴行されていない。

少なくとも局部から精液は発見されていない。

しかしスカートが脱がされていた。しかも現場からそのスカートは発見されていないのだ。

トイレの狭いブースで暴れる女のスカートを脱がせるのは至難の業《わざ》だろう。

女の首を絞め、抵抗できない状態にしたうえで、スカートを脱がせたと考えるほうが妥当だ。

暴行しようとして抵抗され、思いあまって殺してしまった……

その可能性も考えられないではないが、それなら女は扼殺《やくさつ》されているはずだ。つまり、手で絞められていた。

女は背後からなにか紐《ひも》状のもので首を絞められ殺されていた。あらかじめ紐を準備していなければできないことである。これをもってしても犯人は最初から女を殺そうとしていたと見なすべきだろう。

もっとも犯人に最初から殺意があったかどうかは軽々に判断すべきではない。あるいは首を絞めて意識を失わせたうえで強姦しようとしたのかもしれない。いずれにしろ犠牲者を抵抗できない状態にして、強姦しようとしたのは間違いない。

欲望をはたせなかったのは、思いがけず女を殺してしまい慌てて逃げだしたのか、そうでなければ萎《な》えてしまったのか。

殺された女性の名は檜垣恵子《ひがきけいこ》、二十二歳。浜松町の中堅商社につとめるＯＬで、東横線都立大学駅が最寄りの自宅から通勤していた。

何人か男友達はいたが、いずれもそんなに深刻な関係ではなかったし、そろってアリバイがあった。

ここで考えなければならないのは、どうして浜松町まで通勤しているＯＬが、品川駅で途中下車しなければならなかったか、というそのことだ。

恵子は品川に知りあいはいない。いや、よしんば知人がいたとしても、朝の忙しい通勤時間にわざわざ途中下車して会おうとするはずがない。

恵子はこれまで無断欠勤をしたことはないし、遅刻をするときには必ず会社に電話を入れていたという。殺された当日、恵子が会社に電話を入れたという事実はない。そのことからも、少なくとも家を出た時点では、彼女に品川駅で降りる意思はなかったと見なすべきだろう。

つまり檜垣恵子はなんらかの事情があって途中下車を余儀なくされたらしいのだ。そのあと駅のトイレに入っていることから、単純に、尿意、あるいは便意をもよおした、と考えるべきかもしれない。しかし絞殺されたときに失禁した尿の量からも、また司法解剖の結果からも、彼女がそんなさしせまった状態にあった、ということは明確に否定されているのだ。

要するに、これまでのところ檜垣恵子がどうして品川駅に降りたのか、それはわからずじまいになっている。それはわからないのだが、品川駅に途中下車したことが、結果として彼女を非業の死におとしいれたのは間違いない。

そして――

いまのところ、阿部という若者が、そのもっとも有力な容疑者と見なされているのだった……

その阿部が歩いていく。

志穂はあとを追う。

駅の雑踏のなかで阿部の後ろ姿だけを目にきざんでいた。

阿部は細い通路に入っていった。

「品川横丁」と表記されていた。

こんなところに何の用があるのか？

たしかに阿部は構内清掃のアルバイトをしているが、今日は非番のはずで、トイレの掃除などする必要はない。

第一、アルバイトの用事なら、まず職員の控え室のほうに顔を出すはずではないか。

志穂はためらわなかった。

コートを脱いだ。

その下には黒いセーターを着ている。薄いタイトな七分袖のセーターで、いやがうえにも胸の輪郭を強調していた。それにモスグリーンのミニスカートを穿《は》いて、同色のストッキングを着けている。

冬のこの季節としては、可能なかぎりの挑発的な装いで、自分でもいささか気がひけるほどだ。

しかし殺人者を誘うためであればやむをえない。

志穂は囮なのだ。

そうであれば、できるだけ食欲を誘う囮でなければならない。

念のためにブレスレットのとめ金をゆるめた。軽く手を振るだけで、ブレスレットは手首を抜けて、掌《てのひら》のなかにすっぽり入る。銀色に光っているのは、じつはメッキで、ずっしり重い鉄製のブレスレットなのだった。

それをふたたび手首に戻して「品川横丁」に踏み込んでいった。

「…………」

あっけにとられた。

そこに袴田がいたのだ。

喫煙所で、窓に肘をもたせかけて、タバコをくゆらせていた。

トレンチコートを着ていたが、小柄で、痩せた袴田が着ると、刑事のくせに――というのは（刑事）コロンボの先入観があるからだが――、気の毒なほどコートが似あわない。ただ貧相さばかりが目についてしまうのだ。

髪の毛は半白で頭皮が透けて見えるほど薄い。窓から射し込んでくる朝日に、その頭髪がぽわぽわとかすんで、それがまた何ともいえずわびしい雰囲気をかもしだしている。

「品川横丁」には袴田のほかに人の姿はない。ほんの数メートルのところに、ラッシュアワーにごったがえす雑踏があるというのが信じられないほど、ただひっそりと静まりかえっているのだ。

そのことがなおさら、ひとりタバコをくゆらせている袴田のわびしさをきわだたせていた。

五十歳に間もないと聞いている。気の毒なことに、実年齢より老けている。が、ちらりと走らせた視線は、さすがに現職の刑事らしく鋭いもので、一般人とは目の光がちがう。

すぐに袴田は目をそらしたが、そのとき通路の奥に向かって、わずかに顎《あご》をしゃくったようだ。

阿部はそちらに向かったと告げているのだろう。

どうやら袴田が志穂のことを見失ったと考えたのは彼女の早とちりだったらしい。つかず離れずしてつけていたのを気がつかなかっただけのことなのだろう。これは言葉を換えれば、それだけ袴田の尾行が巧みだったということではないか。

「…………」

袴田のことを見なおす気持ちになっていた。

なんとなく頼りなさそうだという印象は修正の要があるかもしれない。第一、袴田と組んで仕事をするのは、これが初めてのことなのだ。袴田は志穂が思い込んでいたほど無能な人物ではなさそうだった。

志穂は息を吐いた。

いずれにしろ孤立無援の心細さからは救われたわけだ。

これで安心して仕事ができる。

あらためて阿部のあとを追おうとした。

しかし……

志穂は目を瞬《しばたた》かせた。

阿部の姿が消えていた。

通路のどこにも阿部の姿はない。

通路といっても百メートルもない。

右手にトイレが並んで、左手には飲み屋の裏手、京急に抜ける横道がある。突き当たりのドアは「助役室」だ。

トイレに入ったのか？

男子トイレに入ったのだとしたら女の志穂にはそれを確かめるすべがない。

袴田に確認してもらうか。

「…………」

袴田を振り返ったが、知らない顔をしている。

任務を遂行しているときには、よほどのことがないかぎり、たがいに接触を避ける決まりにはなっている。

が、それだから知らない顔をしているのではなく、真実、袴田はこの状況に気がついていないように見える。

そうでなければ、囮はどこまでいっても囮で、相手が罠《わな》に食らいついてくるまで、ぎりぎり自分が手をだすのはひかえようと思い決めているのか。

どちらにしろ男子トイレを覗《のぞ》くぐらいのことでは助けてくれそうにない。

——わかったよ。

志穂は憤然とした。

やれるかぎりのことはどこまでもひとりでやる。特別被害者部の囮捜査官に就任したときからそれぐらいの覚悟はしている。もっとも、まさか男子トイレまで覗かなければならないとは考えてもいなかったが。

憤然としながら、しかし恐るおそる男子トイレを覗き込んだ。

さいわい小便器で用をたしている男はひとりもいなかった。用をたしている男と目をあわせるようなことになれば、さぞかし気まずい思いをすることになったろう。

ブースのドアはすべて閉まっている。

そのなかに阿部がいないかどうか、それも確かめなければならない。

やむをえずトイレに踏み込んだ。

がらんとして明るい。

タイルの床が濡れているのは掃除が済んだばかりだからだろう。

水道のパッキングがゆるんでいるらしい。どこかでポタポタと水の滴《したた》る音が聞こえていた。

ブースは四つ並んでいる。

そのいちばん手前のドアをノックしようとした。

いきなり右手のドアが開いた。ザアッと水を流す音が聞こえてきた。

だれかがトイレから出てきた。それが誰だか確かめる余裕はなかった。

そのときには背後から首を絞められていた。

3

物凄《ものすご》い臭気が鼻をついた。

魚の腐ったようなにおいだ。

志穂が咳《せ》き込んだのは、たんに首を絞められたからばかりではなく、その臭気が耐えられなかったせいもあるかもしれない。

相手の顔は確かめることができない。とてもそんな余裕はない。

背後から首に腕をまわしてぐいぐいと絞めつけてくる。とっさにその腕に指をかけて引き剝《は》がそうとしたが、とても引き剝がせるものではない。相手のほうが上背があり、全体重をかけて、志穂を引き倒そうとしているのだ。

悲鳴をあげようとした。しかし気管を圧迫されて声をあげることができない。

——何やってんのよ。早く来てよ！

頭のなかで必死に袴田を呼んだ。

袴田は助けに現れない。

やはり頼りにならない相棒だったか。

右手を一振りした。掌のなかにブレスレットがすべり込んできた。それをぐいと握りしめる。そしてその拳《こぶし》を相手の顔にたたきつけた。

この不自然な体勢で、しかも肘から先を曲げるだけのパンチだ。いかにブレスレットを握りしめているからといって、その破壊力はかぎられている。が、志穂は訓練で教わったとおり、相手の急所をねらうのを忘れなかった。鼻骨に拳をたたきつけたのだ。

「ぐえっ」

男はくぐもった悲鳴をあげた。

たしかに手ごたえがあった。鼻の軟骨の砕ける感触を覚えた。だらりと生暖かいものが肩を濡らしたのは、おそらく鼻血ではないか。

しかし男の首を絞めつける力はいっこうにおとろえなかった。それどころか、へへへ、と下卑た笑いが聞こえてきた。この獣は痛みというものを感じないのか。

ひるむどころか、必死の抵抗にあってなおさら獣欲をかりたてられたらしい。その左手がミニスカートの下に入り込んできたのだ。パンティストッキングに指をかけ、それを引き裂いた。

――ちくしょう、獣！

もう一度、拳を男の顔にたたきつけようとした。が、拳はむなしく空をうつばかりだ。男は右に左に顔を振り、拳を避けながら、ゲラゲラと笑っていた。

ふいに首筋に違和感を覚えた。生暖かく濡れた感触だ。男がべろべろと首筋を舐めているのだと知って、志穂は全身に鳥肌がたつのを感じた。耐えられないおぞましさだ。

「いやぁッ！」

悲鳴をあげた。いや、現実にはそれは声にはならなかったが、それでも精いっぱい悲鳴をあげようとした。

両足を振り子のようにあげて、思いきりトイレのドアを蹴った。

その反動で男のバランスが崩れた。トイレの床は濡れていた。男は床に足を滑らせ、背中から倒れていった。

もちろん志穂も倒れたが、男の体が下敷きになってくれた。男はもろに仰向けになって倒れた。床に後頭部を打つ、ゴツン、という鈍い響きが聞こえてきた。それでも男は首に腕をからませていたが、さすがにその力が抜けたようだ。

その一瞬の力のゆるみをついて、かろうじて男の腕から逃れることができた。男の腹といわず胸といわず蹴りつけるようにして立ちあがり、とっさに出口に向かって逃げようとした。

が、男のほうも必死だった。すばやく志穂の足首をつかんだのだ。志穂はつんのめって倒れ、タイルの床を這った。

タイルに爪をたてるようにし、四つん這いに逃げようとしたが、男の手は万力のように足首をつかんで離そうとしなかった。

志穂は悲鳴をあげた。悲鳴をあげながらブーツで男の顔を蹴りつけた。何度も何度も蹴りつけた。しぶとい男だ。どんなに蹴りつけても足首から手を離そうとしない。

トイレの出口はすぐそこだ。すぐそこなのに行き着くことができない。

そのときのことだ。

そのトイレの出口に人影が立つのが見えたのだ。

——袴田？

目を凝らした。

そうではなかった。

袴田ではない。

混乱を覚えた。

そこに立っているのは阿部なのだ。

阿部は呆然と立ちすくんでいた。とっさになにが起こっているのか理解できずにいるようだ。目をカッと見ひらいて、あんぐりと口を開けていた。

——それじゃこいつは誰なのよ！

志穂は混乱しながらまた相手の顔を蹴りつけた。

今度の一発はかなりきいたようだ。あごに入って炸裂《さくれつ》した。ギクッ、と骨の鳴るような音が聞こえてきた。男が頭をのけぞらす感覚をブーツの先端に覚えた。

男は悲鳴をあげた。

どこまでもしぶとい。

それでも男は足首をつかんだ手を離そうとはしなかった。

が、ブーツが脱げた。

裸足で立ちあがった。

男も立ちあがった。

大きな男だ。いや、大きく見えるのは、何枚もシャツを重ね着し、全身がパンパンに膨《ふく》らんでいるからだろう。シャツもズボンもジャンパーももとが何色だかもわからないほど汚れに汚れていた。

男は泥酔していた。安酒のにおいをプンプン発散させていた。志穂を見る目が血走ってとろんと濁っていた。

真っ黒に汚れた顔にニンマリと黄色い歯を剝《む》きだした。そのひび割れた唇がヨダレに濡れていた。

おい、と男は阿部に声をかけた。

「こいつはおれの女だ。手を出すんじゃねえぞ――」

酔いに弛緩《しかん》した声だ。けだるく、そのくせ欲望をむきだしにして生々しかった。

それで阿部はわれに返ったようだ。二、三歩あとずさると、ふいに大声で叫んだ。

「おおい、だれか来てくれ。大変だ。だれか助けてくれ！」

「この野郎――」

男は獣めいたわめき声を発した。熊のように両手を振りかざし、阿部に向かって突進していった。

この一瞬、ほんの一瞬、男の注意が志穂からそれた。一瞬で十分だった。

志穂はとっさに洗面台の容器からセッケン水を掌にしぼりだした。阿部に向かって突っ込んでいこうとする男の胸に飛び込んでいった。そしてそのセッケン水を男の両目になすりつけてやったのだ。

セッケン水を目にじかになすりつけられたのではたまったものではない。

「わああわおゥ」

男は悲鳴をあげ、両手の拳で目に入ったセッケン水をぬぐおうとした。よろよろと後ずさり、タイルの床に足を滑らせ、どすんと尻餅《しりもち》をついた。また悲鳴をあげた。

そのときになってトイレのなかに何人もの男が飛び込んできた。

男たちはいずれも血相を変えていた。口々に怒声を張りあげていた。

そして床にへたり込んで泣き声をあげている男に向かって殺到していった……

品川駅第二ホームトイレ

1

男たちは刑事だった。
所轄署の刑事が数人、それに警視庁捜査一課六係の刑事がふたりだ。
さすがに本職だけあって手際がいい。
よってたかって男をとりおさえると、うむをいわさずトイレから連行した。
いずれも「品川駅通り魔殺人事件」を担当している刑事たちだ。
「品川駅通り魔殺人事件捜査本部」は所轄署に設置されていて、志穂も合同捜査会議に参加したときに、そのなかの何人かと顔見知りになっている。

もっとも刑事たちはおおむね志穂には冷淡で、無視するだけならまだしも、はっきりと敵意を剝きだしにする者さえいた。志穂は捜査会議の席上、終始、針のムシロにすわらされているような居心地《いごこち》の悪さを覚えたものだ。

「わたし、よそ者あつかいされているのかしら？」

捜査会議のあとで、同席していた袴田にそう尋ねたものだ。

「そうじゃない」

袴田は辛辣《しんらつ》だった。

「あんたは嫌われているんだよ」

つまり、こういうことらしい。

現場の捜査員たちには縄張り根性が根づよく残っている。どんなに鑑識技術が進んで、チームプレーの重要さを説かれても、現実の犯罪捜査では個人プレーがはばをきかせていて、どうしても抜け駆けの功名争いを脱することができないのだという。

本庁と所轄とのあいだでさえしばしば対立があり、ひどいときにはたがいに証拠を隠すことさえあるらしい。

ましてや科学捜査研究所（科捜研）の、それも特別被害者部などという聞きなれない部署の人間が、現場に顔を出すのは我慢できないことなのだろう。

売春の摘発や麻薬捜査にではなく、殺人事件の捜査に囮を使うというのもあまり前例のないことだ。

これまでにも、どうしても囮捜査が必要になったことがないではない。そんなときにはやむをえず、女性の警官を使ったり、若い警官を女装させたりして、なんとかその場をしのいできた。

が、こんなふうに囮捜査を専門とする女性捜査官を採用するのは、今回が初めての試みだった。

刑事たちは地方公務員だ。

公務員である以上、前例のないことは嫌うし、現場にくちばしをはさむ人間がひとりでも増えることは歓迎できないことなのだった。

ましてや、志穂たち女性の囮捜査官は、巡査の資格を持ってはいるが、公務員でさえない。みなし公務員という特殊な立場なのだ。

「捜査の現場なんてそりゃあえげつないものさ。きれいごとじゃない。刑事にとって何が腹だたしいといって、素人《しろうと》に捜査をかき回されるぐらい腹のたつことはないんだよ。現職の刑事たちにしてみればこんな小娘に何ができるという反感もあるだろうしな。おどかすわけじゃないけどな。あんた、苦労させられるぜ――」

袴田はそういったが、だからといってかばうつもりもないらしい。捜査会議の席上、捜査員たちから冷遇され、身をすくめていたときにも、何ひとつとりなしてくれようとはしなかった。鈍感とか冷淡というより、袴田自身にも囮捜査に対する反感があるのかもしれない。

特別被害者部に出向している袴田刑事でさえこうなのだから、ほかの部署の刑事たちの冷淡さはおして知るべしだろう。

だから――

「あんたは入らないで欲しい。ここで待っててくれ」

六係の刑事からそういわれたときにも、べつだん驚きはしなかった。驚きはしなかったが、納得もしなかった。

「あの男はわたしを襲ったんですよ。わたしは囮捜査官です。わたしには取り調べにたちあう権利があると思います」

「囮捜査官？」

刑事はフンと鼻でせせら笑った。

たしか六係の主任で井原《いはら》という男だ。犀《さい》のようにいかつい体つきをした三十男で、捜査会議で顔合わせをしたときから、志穂に対する反感を隠そうともしなかった。

「あんたは阿部の囮だったんじゃないのか。それがあんな野郎を誘い込みやがって、囮捜査官が笑わせるぜ。あいつはこの界隈《かいわい》をうろついてるホームレスなんだよ。事件には関係ない。おかげでよけいな仕事が増えたというもんだぜ」

「どうして事件に関係ないといいきれるんです？　あの男がわたしを襲ったのは事実なんですよ。檜垣恵子だって襲ったかもしれないじゃないですか」

「おれたちが遊んでいたとでも思うのか。所轄の連中が不審な人間の洗いだしをしてるんだよ。あいつは黒木《くろき》といってな。ホームレス仲間からクロと呼ばれてる。クロは品川駅を根城にしてるんだ。そんな奴を所轄の連中が調べないわけがないじゃないか。あいつにはちゃんとアリバイがあったんだよ」

「…………」

「それにな、真犯人《ホンボシ》は阿部だよ。そいつは間違いない。ごていねいにその阿部に助けられたときてやがる。なにが囮捜査官だよ。笑わせるぜ」

「ちがうんじゃないかしら？」

「なにが？」

「わたし、阿部さんが犯人とは思えないんです」

「助けられたからか。ハッ、なにを甘っちょろいことをいってるんだ。これだから女って奴は始末におえない」

「…………」

「頼むからさ、これ以上おれたちの邪魔をしないでくれよ。今度のことだって何もおれたちが囮を派遣してくれと依頼したわけじゃない。上からのいいつけで渋々承知したことなんだ。いわないこっちゃない。案の定、この始末だ。うんざりだぜ。だいたい、あんたみたいな女に捜査の何がわかるというんだ――」

井原は荒々しくドアを閉めて、志穂はひとり、駅員室の外に残された。

刑事たちはあのクロという名のホームレスを駅員室に連れ込んで、そこで取り調べを行っている。部屋の外に立っていても刑事たちの怒鳴る声が聞こえてきた。

泥酔したうえでの婦女への性的暴行……クロはきびしく油をしぼられ、あるいは数日拘置されることになるかもしれないが、おそらく送検されることはない。

それでも刑事たちがクロに向かって怒鳴りつけているのは、殺人事件の捜査がなかなかはかどらない、いわばそのうっぷん晴らしの意味もあるのではないか。

「…………」

志穂はため息をついた。

今日が、囮捜査官の任務につくその初日だというのに、どうやらそれも惨憺《さんたん》たる結果に終わりそうだ。

被疑者の阿部を誘いだすどころか、べつの人間に襲われてしまい、あろうことかその阿部に助けられた……

これでは井原に嘲笑《ちょうしょう》されるのも当然だ。

ただ、阿部は犯人ではないのではないか、といったのはけっして負け惜しみではない。本心からそう思い始めていた。

そもそも阿部が有力な被疑者と目された根拠は、事件当日、仕事が休みなのに駅をうろついている姿を目撃されたのと、清掃アルバイトという女子トイレに入りやすい立場にある、というその二点に尽きるのだ。

情けないほど薄弱な根拠だが、通り魔殺人という事件の性質上、捜査本部もほかに有力な被疑者を見いだせずにいるらしい。囮捜査など当てにしていないといいながら、そのくせ何人かの刑事たちで見張っていたらしいことからも、阿部に対する捜査員たちの執着のほどがうかがえようというものだ。

しかし——

トイレの入り口で呆然と立ちつくしていた阿部のあの表情からは、およそ人を殺すなどできそうな人間には思えない。もちろん甘っちょろいといわれればそれまでで、とてもそんなことで井原たちを納得させることはできそうにないが、阿部は犯人ではない、と直観的にそう感じるのだ。

阿部のことを考えているそのときにその当の本人から声をかけられた。

「大丈夫でしたか」

どうやら阿部は証人として同行を求められたらしい。所轄署の刑事が浮かない顔をしてその横にたたずんでいる。

「ええ、おかげ様で——」

まさか自分が阿部を誘い込むための囮だったと当人にうちあけるわけにもいかない。ここはあくまでも被害者のふりをしつづけるしかない。

「どうもありがとうございました」

「いや、ぼくなんかただびっくりして声をあげただけで何もしていない。自分でもだらしないと思っています……」

あらためて志穂を見て、その思いがけない美しさに驚いたのだろう。阿部はどぎまぎと顔を赤らめて視線を伏せた。

それを見て、思いきってそのことを聞いてみよう、と志穂は決心した。

「あのう、失礼ですけど、駅の掃除のアルバイトをなさっている方ですよね」

「は？」

阿部は目を瞬かせた。けげんそうな表情になっている。

「火曜日はアルバイトが休みなんじゃないですか。休みでも品川駅にいらっしゃるんですか」

「…………」

「あ、いえ、わたしもアルバイトを探しているもんですから」

「ああ、そうなんですか」

阿部はそれで何となく納得したようだ。

この若者は純朴でおよそ人を疑うということを知らないらしい。そんな阿部を志穂はこれで二度だましたことになる。胸の底にかすかな痛みのようなものを覚えていた。

「それでどうなんでしょう？　お休みなのに駅に来なければいけないんですか」

あらためてそう尋ねた。

「いや、そんな、いけないなんてことはないけど……」

阿部は口ごもったが、思いきったようにいった。

「つい淋しいもんだから——」

「淋しい?」

「アパートにひとりでいるとたまらなく淋しくなってくるんですよ。友達はみんな大学に行ったり働いたりしているし、ガールフレンドもいない。淋しいけどやることがない。仕方がないから、休みだというのに、品川駅まで出てくるんです。駅に来たってやっぱりやることなんかないんだけど——」

阿部は顔を紅潮させていた。自分のことを恥じていた。

そして、水を飲んできていいですか、と刑事にそう聞いて、返事を待たずにその場を離れた。

肩を怒らせるようにした、しかし孤独な後ろ姿だった。

「…………」

その後ろ姿を見送りながら、ああ、この人はやっぱり犯人じゃない、と志穂はあらためてそのことを確信していた。犯人じゃないのにひどく残酷なことを聞いてしまった、という自責の念にかられていた。

檜垣恵子を殺した犯人はどこかべつにいる……

そのとき駅員室のドアが開いて、井原を先頭にして刑事たちが出てきた。

刑事たちは誰もが緊張してこわばった顔つきになっていた。ひとりが阿部と同行していた刑事になにか囁《ささや》いた。とたんにその刑事の顔もこわばった。

そして刑事たちは全員、志穂には目もくれないでホームのほうに歩いていった。

「…………」

なにがあったのかもわからないまま、志穂はポカンと刑事たちを見送っていた。

阿部は自分のことを淋しいといったが、淋しいことでは志穂もひけをとらない。

どうやら刑事たちの誰ひとりとして志穂を捜査本部の一員と認めてくれる人間はいないようだ。

「どうしたんだ？　あんたは連中と一緒に行かないのか？」

背後からそう声が聞こえてきた。

いつからそこにいるのか、袴田がくわえタバコをしながら、たたずんでいた。

いつもボソボソと生気のない物言いしかしない男だ。影が薄い。いまも心持ち背中を丸めて、グスグスと水洟《みずばな》をすすりながら、いかにも寒そうに突っ立っている。端的にいって貧乏神の印象だ。いや、そんなことを言えば、貧乏神が気を悪くするか。

「ああ、袴田さん――」

それでも志穂は現場でただひとりの同僚を見て勢い込んだ。

「阿部は犯人なんかじゃない。あの人は女なんか殺せる人じゃない。一課の見込みちがいだよ」

「そんなことはもうわかってるさ」

しかし袴田は志穂の言葉に感銘を受けた様子はなかった。あいかわらず覇気《はき》のない口調でこういった。

「いまホームのトイレで女が殺されているのが発見されたんだ。これだけ刑事がいてその鼻先で女が殺された。とんでもない話さ。連中が血相変えてすっ飛んでいったのはそのせいなんだよ」

2

ふたりめの犠牲者が出た。

しかも同じ火曜日——

犯行現場が品川駅の女子トイレであるのも同じだが、今回は橋上トイレではない。ホームナンバーでいえば三番線四番線、京浜東北線ホームのトイレで殺されたのだ。

ラッシュアワーの人がごったがえす時間帯に、よくこんな凶行ができたものだと驚かされるのだが、トイレは横浜寄りのホームの端にあり、意外に人目につかない。大胆な犯行だが、不可能な犯行ではない。

品川駅第二ホームトイレと呼ばれている。

檜垣恵子のときと同じように女はトイレのブースのなかで殺されていた。

司法解剖の結果を待たなければ、はっきりしたことはわからないが、犯行時刻が九時過ぎであることは間違いないものと思われる。

それというのも、九時過ぎに第二ホームトイレを使用した女性が、そのときにはブースのなかに女の死体などなかった、と証言しているからだ。

もちろんブースのドアには鍵はかかっていなかったが、女は便器をかかえるようにして死んでいて、その頭にドアがつかかえて開かないようになっていた。

そのために使用中かと思われたらしく、死体の発見が遅れることになった。

被害者の身元は所持していた定期からすぐに判明した。

深山律子《みやまりつこ》、二十四歳、住所は品川区小山になっている。捜査員がすぐに電話を入れたが、だれも電話に出なかったところを見ると、おそらく独身なのではないか。

最寄りの交番から警官をその住所に急行させているから、いずれ詳細な情報が入ってくるはずだ。

有楽町の不動産会社に勤務しているＯＬで、やはり通勤途中になんらかの理由で品川に途中下車し、この惨禍《さんか》にみまわれたものと思われる。

問題はそのなんらかの理由が何なのかということだ。檜垣恵子、深山律子、ふたりながら若い女性がどうして忙しい通勤時間に品川駅などに途中下車しなければならなかったのか？

常識的に考えれば、人は通勤時間にわざわざ途中下車などしないだろう。

わき目もふらずに会社に向かうはずだ。

深山律子の周辺を調査するのはこれからだが、もし彼女にも檜垣恵子と同じように品川に知人がいないのだとしたら、この謎は大きな壁となって捜査陣のまえに立ちはだかることになるだろう。

見込み捜査は、捜査の方向をあやまらせることになりかねないが、このふたりの女性が同一犯人に殺されたのはまず間違いないものと思われる。

深山律子は背後から紐状のもので首を絞められていて、やはりスカートを脱がされていた。

そして現場からスカートが発見されていないのも檜垣恵子の場合と同じだった。

いや、それよりも何よりも、このふたりの若い女性は似ているのだ。顔だちはそれほど似ていないが、印象がじつによく似ている。

髪の毛は長い。体つきはほっそりとしていてしなやかだ。いまは絞殺されて醜くゆがんでいるが、生きているときには人目を惹く顔だちをしていたろう。深山律子は銀のピアスをしているが、檜垣恵子もそれと似たピアスをしていた。

——これは同一犯人だ。

志穂は被害者を見たとたんにそう直観した。そしておそらくそれは捜査員全員に共通した直観であるはずだ。

もっとも捜査員の誰ひとりとして志穂に意見を求める者などいなかった。捜査会議でもそうだったようにここでも完全に無視された。

無視されて幸いかもしれない。

志穂は捜査員とも部外者ともつかず、ただ現場のまわりをうろうろしているだけだ。具体的に何をどうしたらいいのかわからない。

囮捜査官としての訓練は受けていても現場検証は経験がないのだ。現実に人が殺されているのを見たのは、これが生まれて初めてのことだった。ショックを受けたし、興奮もした。

九時を過ぎているが、まだまだ駅のホームは乗降客でごったがえしている。ホーム横浜寄りに警官を配し、トイレの周辺を立ち入り禁止にしていることが、なおさらその混雑に輪をかけた。

つい一週間まえにも若い女が品川駅のトイレで殺されたばかりなのだ。その記憶が薄れないうちに、また若い女が駅のトイレで殺された……

そのことがいやがうえにも人々の好奇心をかきたてずにはおかないらしい。どんなに警官が制止しても物見高いヤジ馬を完全に追い払うことはできそうになかった。

「入らないでください。おい、そこの、何度いったらわかるんだ。入るんじゃない!」

警官が大声を張りあげていた。

あまりに人が多すぎる。現場保存ということからいえば、これは最悪の状況といえるだろう。

が、捜査員たちはそんな状況にもめげず、懸命に仕事をつづけている。

本庁捜査一課、および所轄署の捜査員、鉄道警察官、機動捜査隊員、それに鑑識課員たち——総勢数十人にもおよぶ人員だ。

捜査員たちは現場検証をし、死体の検分を進めている。鑑識課員たちもホームを這うようにし、指紋や足跡、毛髪などの採取につとめていた。

しかし、なにしろ現場が現場だ。指紋や足跡などはほとんど無数に残されていて、そのなかから犯人のものを特定するのは難しいにちがいない。

砂漠で砂を拾うような徒労感だ。きりがない。

が、それをやめるわけにはいかない。

こうした地道な努力の積み重ねが、どんなきっかけから犯人逮捕に結びつかないともかぎらないのだ。

犯行から一時間とは経過していない。犯人がまだ逃走中である可能性は十分に考えられる。

当然、通信指令センターからは緊急配備指令が出されているが、それもラッシュアワー時のJR京浜東北線という状況を考えれば、あまり成果のほどは期待できない。数百万ものJR利用客を対象にしてはどんな緊急配備も意味がない。

これもまた砂漠で砂を拾うような行為といえるだろう。

人、人、人だ。ここに通り魔殺人事件の捜査の困難さがある。犯人と被害者を結びつける筋道がない。捜査の対象にすべき人間の数があまりに多すぎるのだ。

捜査本部としてはその無数ともいえる人間のなかから容疑者をしぼり出さなければならない。

それが阿部なのだったが。

皮肉なことに、容疑者を見張り、尾行していたことが、逆にその容疑者の無罪を立証することになった。犯行時刻、阿部は刑事たちの監視下にあった。これ以上に完璧なアリバイは望めない。まさに刑事たちの鼻先で第二の犯行が行われ、捜査は振り出しに戻ってしまったのだ。

それだけに捜査員たちは腹の底が煮えくりかえる思いにちがいない。その顔色が変わり、言動が殺気だつのも当然のことだった。

3

「おい、こいつを見ろよ」

井原が叫んだ。

捜査一課の主任といえばそれなりに刑事事件の経験を積んでいるはずだ。それがこんなに大声を張りあげるのは、やはり自分たちの鼻先で殺人事件が起こったという屈辱感に憤っているからだろう。

監察医はまだ到着していない。捜査員たちが死体の検死に当たっていた。

そして井原が被害者のコートになにか白濁したものが付着しているのを見つけたの

だった。

精液だった。

ウールのコートの裾の部分にわずかに付着し乾いていた。

捜査員たちは色めきたった。

強姦の可能性が疑われる場合、その被害者の膣《ちつ》内から精液を採取しようとするのは当然のことだ。

実際に、監察医が検死に当たるとき、真っ先にそれを確認することになる。

が、一般に考えられているのとは逆に、膣内から採取された場合、その精液から犯人の血液型などを特定するのはかなり難しいといわれている。

ひとつには、被害者自身の膣液と混じってしまうため検査が困難だということがあり、もうひとつには、被害者が交際していた男性（既婚者の場合はその夫）の精液がいそれと混じりあってしまうからである。

また被害者が強姦され、そのあとも生存していた場合には、一定の時間が経過すると、膣内の精液ははかばかしい化学反応を示さなくなるともいわれている。

それに比して、乾いた布や紙についた精子は、かなり長い期間、化学検査に反応する。つまり精液鑑定をするには、大方の常識とは逆に、膣以外のところから採取されたもののほうが望ましいのだ。

精液の状態、染色性から、犯行時間を推定し、血液型を特定することができる。

これは、いまのところ連続殺人犯が残した唯一の手がかりであり、井原ならずとも興奮するのが当然だった。

「…………」

志穂も捜査員たちの後ろから遺体を覗き込んでいた。

眉をひそめた。

胸が痛んだ。

科学捜査研究所に所属している以上、ある程度の法医学の知識はある。精液がどれほど重要な手がかりになるか、それぐらいは知っているが、井原たちのようにそれを素直に喜ぶ気にはなれないのだ。

若い娘がトイレで殺されて、スカートを剝ぎとられ、しかもその衣類から精液が検出された……

志穂も同じ若い娘だ。

この東京に生きているかぎり、いつ檜垣恵子や深山律子に降りかかった災難が、自分の身に起こらないともかぎらない。

それを考えれば、精液が検出されたと喜んでいる井原たちの無神経さがたまらず、どうにも耐えられなかった。

「もういいんじゃないですか」

ついそう口を出してしまった。

「………」

捜査員たちは一斉《いっせい》にいぶかしげに志穂を見つめた。

「何がいいというんだ？」

井原がそう尋ねる。とげとげしい、好意的とはいえない口調だった。

「若い女の子がこんなところでいつまでもそんな格好でいるのはかわいそうです。せめてちゃんとしたところで寝かせてやってください」

「………」

「かわいそうに、駅のこんなところでヤジ馬たちにかこまれて……怖い目にあって殺されて、それでこんなふうにされるのは、女の子にとって二回殺されるのも同じです。そんなのあんまりひどいです」

「おい、待てよ、おまえ――」

ひとりの若い刑事がそう気色《けしき》ばむのを、井原が手をあげて制した。

ジッと志穂の顔を見つめる。

志穂も負けずに井原を見つめ返した。

見れば見るほど犀に似たいかつい顔だ。その目も犀に似て細い。

何のつもりか井原はうなずいた。

そしてふいに大声を張りあげると、

「おい、鑑識、もう現場の写真はいいのか。ぜんぶ撮ったのか」

「いいですよ。終わりました」

カメラを持っている鑑識課員が答える。

「だれか鑑定処分は取りに行かせたか？」

「所轄の若いのを行かせました」

とさっき気色ばんだ刑事がうなずく。

「よし、わかった。担架とシートを持ってこい。これから仏を運ぶ」

「いいんですか。まだ監察医の検案が終わっていませんが」

「必要ないだろう」

井原は立ちあがり、

「大学に連絡しろ。今日にでも解剖してもらうんだ」

「どこでやってもらいます？」

「東大でも慶応でもいい。先生と連絡がつくところでやってもらえ。動け」

「はい」

捜査員たちが一斉に動いた。

井原はあらためて志穂を見ると、

「よう、いってくれるじゃねえか、囮さんよ」

とそういった。その言葉は乱暴だが、口調はそれほどでもない。

「…………」

志穂はどう返事をしていいのかわからず黙っている。

「おれたちは何も好きこのんで仏さんをあんな姿にしておくわけじゃない。検死というのはこんなもんなんだよ。こうでなけりゃいけねえんだ。あんたから見れば無神経に見えるかもしれねえが、おれたちはみんな胸のなかで仏さんに手をあわせているんだ。一日でも早く犯人を捕まえるのがなによりの供養だってみんなそう思ってるんだ」

「…………」

「もっともどうせ解剖にまわされるのはわかってるんだ。何もこんなところで仏さんをあのままにして監察医が来るのをバカ正直に待ってることはなかった。あんたにいわれるまで気がつかなかったよ」

井原の犀のような顔がフッとなごんで、

「深山律子もそうだが、あんたもいつまでもそんな格好じゃ寒いんじゃないか。第一、若い連中には刺激が強すぎる。なんとかしたらどうなんだ？」

「はい」

顔が赤らむのを覚えた。

ホームレスに引き裂かれたストッキングを脱いで素足のままだ。コートは着ているが、ミニスカートから素足が覗いて、たしかに朝のこんな時刻では露出がすぎるだろう。

「だけどな」

ふいに井原はそっぽを向くと、

「だからっていつもあんな口出ししていいってことじゃないんだぞ。一課の刑事は気が荒いからな。相手が女でも遠慮しない。口には気をつけたほうがいい」

井原はあまりにこわもてに慣れすぎていて、優しい顔を見せるのが苦手なのだろう。照れてしまうのか。捜査一課の主任ともなると、どうしても屈折せざるをえないらしい。
三十男の屈折した感情などにつきあってはいられない。
「失礼します」
さっさと井原と別れた。
井原には勝手に優しくなったり怒ったりさせておけばいい。
じつは志穂もすこし照れていた。
ホームのキヨスクに向かった。
ストッキングを買うつもりだ。
満員電車でストッキングが破れるのはよくあることだ。
そのためにキヨスクではストッキングを売っている。
――何でもいい。間にあわせに買っておこう。
そのときのことだ。
ふいに頭のなかに閃光のようにある考えがひらめいたのだ。
「…………」
その場に立ちすくんだ。
どうして檜垣恵子、深山律子のふたりが途中下車しなければならなかったか、その理由がわかったような気がした。
——そうだ、これならふたりは電車を降りなければならない。

科捜研特別被害者部

1

山手線のホームに袴田が立っていた。
喫煙コーナーでぼんやりタバコをくゆらしていた。
いつ見てもタバコを吸っている男だ。
まともに働いているところを見たことがない。
渋谷寄りの端に立っていた。
人が大勢群がっている。そのなかで袴田の姿はいかにも目だたない。志穂も危うく見過ごしてしまうところだった。

線路を挟んで京浜東北線ホームのトイレがある。

殺人現場のトイレだ。

トイレの建物はひとつ、それぞれ仕切られて男子トイレ、女子トイレの入り口がある。

山手線のホームから見ると手前が女子トイレになっている。

そこで深山律子は殺された。

どうやら袴田はタバコをくゆらしながらトイレを見ているらしい。

つまり、これでも仕事をしているということか。

すでに遺体は運び去られたが、捜査員たちは現場検証のために残り、鑑識課員たちも遺留物の捜索に余念がない。

ラッシュアワーのピークが過ぎて、ヤジ馬の数は減ったが、物々しい雰囲気に変わりはない。

袴田ばかりではなく、山手線に乗降する客たちもホームに群れて、そんな現場の様子を見ているのだ。

もっとも数分おきに京浜東北線か山手線の電車が入ってきて、そのたびごとに視界がさえぎられる。それでも飽きずに現場を見つめているのは袴田ひとりだ。

「袴田さん」

声をかけた。

「…………」

袴田は志穂を見てうなずいた。

これがこの男の返事なのだろうが、ずいぶん不精な返事だ。ホームレスに襲われたことを知っているはずなのに、安否を気づかうことさえしない。

そのじじむさい顔を見ているうちに怒りがこみあげてきて、

「袴田さん、わたしを護るのが仕事なんでしょ？　あのときどこにいたんですか」

ついそんな怨《うら》み言が出た。自分でも声が険しくなっているのがわかった。

「捜査本部の連中が阿部を尾行していた。何人かであんたのことも見張っていた。あれだけ一課の連中がいればまずどんなことがあってもあんたの身は心配ない。おれなんかの出る幕じゃないよ」

袴田の声はボソボソと低い。いつも面倒げにしゃべる男だった。

「囮を護るのが袴田さんの仕事じゃないですか。そんな一課の人たちに遠慮することなんかないでしょ」

「遠慮なんかじゃない。本庁の一課の反感を買えばこれからの仕事がやりづらくなる。おれはそのことを考えたんだよ」

「わたしは危うく殺されかかったんですよ。それなのに、これからのことを考えて助けてくれないなんて、そんな相棒は相棒とはいえないわ」

「きついことというじゃないか」

「まだ、いい足りないぐらいです。わたし本気で怒ってるんですよ」

「怒らないほうがいい。せっかくのべっぴんさんが台なしだ」

「わたしべっぴんなんかじゃありません。それに、べっぴんだろうが何だろうが、袴田さんには関係ありません。どうして助けてくれなかったんですか」

「だからいったじゃないか。あれだけ一課の連中がいれば大丈夫だって。そう見きわめたから手出しをひかえたんだよ」

「袴田さんは無責任だ」

「そうじゃない。責任の所在に敏感なだけだよ」

「わたしを助けてくれるのが袴田さんの責任なんじゃないですか」

「おれは本庁に拾われるまでは、各所轄の防犯課を転々としていた。どさまわりとまではいわないが、花形には縁遠い。刑事といってもいろいろあってな。本庁の捜査一課はなんといっても花形だ。プライドもそれなりに高いしな。あの連中を怒らせたらどんなに始末におえないか、さんざん思い知らされているんだよ」

「そんなこと気にしなければいけないんですか」

「ああ、いけないね」

「………」

「刑事というやつは縄張り意識が強い。そいつを舐めてかかると、結局、こっちがしっぺ返しを食らうことになるんだ。ただでさえ特別被害者部は白い目で見られているんだ。なにもこれ以上、反感を買うことはない」

「わたしは囮なんですよ。いざというときに相棒が信頼できなければ、とてもこんな仕事やってられない」

「心配ないって。何かのときには助けてやるから」

「信じていいのかしら」

「信じてもらいたいもんだね」

袴田はタバコを指で弾いて捨てた。

「もっとも信じる信じないはあんたの勝手だけどな」

「袴田さん、タバコ」

「ん？」

「タバコをむやみに捨てるのはいけないことよ」

「とんだ八つ当たりだ」

袴田は苦笑した。

山手線の電車が入ってきた。ホームなかばでとまって、視界をさえぎらない。京浜東北線のトイレを見通すことができる、が、京浜東北線の電車が入ってくると、これはトイレをさえぎった。

大勢の人が乗り降りする。駅のアナウンスにその靴音が重なって響いた。

「こちらの山手線のホームから京浜東北線のトイレが見える。山手線の電車はホームなかばでとまる。つまり、ホームの端で乗り降りする人間はいないわけだ。京浜東北線の電車が入ってくると山手線のホームからトイレは見えなくなってしまう。電車は数分おきに入ってくる」

袴田はあいかわらずボソボソとした声でいった。

「だれか、山手線から、京浜東北線のトイレに出入りする不審な人間を見かけた者がいるんじゃないかと思ったがこいつはまず無理だな」

「不審な人間？」

「ああ、トイレはあのとおりホームの端っこにある。用を足そうとする人間以外はまず近づかないところだ。犯人も人に見られるのを警戒しているだろうし、京浜東北線のホームで目撃者を探すのは難しいよ」

「そうでしょうか」

「そうさ。もともとラッシュアワーの駅ではよほどのことがないかぎり人は他人のことなんか記憶していない。皮肉な話だが、人が多すぎて目撃者がいないんだ」

「………」

「山手線のホームからは京浜東北線の女子トイレの入り口が見える。女子トイレに男が出入りするのを見れば、誰でも妙に思うんじゃないか。記憶にも残るだろう。京浜東北線のホームよりむしろ山手線のホームのほうが目撃者がいるんじゃないか——おれはそう思ったんだがな」

「それも難しいですか」

「難しそうだな。山手線の電車がもうすこし渋谷寄りにとまってくれれば、乗り降りする客が京浜東北線のトイレを見る可能性もあるんだけどな。あいにく電車の最後尾にしても位置的にトイレから外れたところにとまる。これじゃ山手線のホームから京浜東北線のトイレを見る人間はほとんどいない」

「袴田さんはここでそのことを確かめていたんですか」

「ああ。もっともそんなことがなくても出勤時間帯の駅で、目撃者、参考人を見つけるのは難しいとされているんだ。警察が動きだしたときにはもう証人たちは現場を立ち去っているし、たとえ現場に残っていても、これから仕事だというんで協力を拒否する者がほとんどなんだよ」

「…………」

志穂は袴田を見なおすような気持ちになっている。

ただ無為にタバコをふかしているように見えて、この男はこの男なりにやるべきことをやっている。そのじじむさい外見とは裏腹に、案外、中身は頼りになる刑事なのかもしれない。

「どうして被害者ふたりが通勤電車から品川駅に降りたのか？　わたし、そのことを考えてみたんですけど」

ストッキングを買うまえに思いついたことを話す気になった。

「ほう」

袴田はタバコをくわえ火をつけた。

「もしかしたら被害者は電車のなかで犯人に何かされたんじゃないでしょうか」

「何かってなんだ？」

「痴漢——だと思うんですけど」

「………」

「わたし、ストッキングを破られたんで、キヨスクでストッキングを買って、それで思いついたんですけど……ストッキングが破れるとかヒールの踵《かかと》が取れるとか、女性にはどうしても電車を降りなければならない事情って色々あるんです」

「痴漢にあうのもそうか」

「ええ、相手があまりしつこければやむをえず電車を降りるかもしれません」

「なるほど。途中下車してそれで被害にあったんじゃなくて、どうしても電車を降りなければならない事情に追い込まれたとそういうわけか。そしてその痴漢も被害者のあとを追って品川駅に降りた——」

「ええ、そうじゃないかと思うんですけど。どうでしょうか？」

「たしかにそう考えれば、被害者がふたりとも品川駅に降りたわけも納得できないこともないけどな」

　袴田はうなずいたが、いや、待てよ、と口のなかでつぶやいて首をかしげた。

「痴漢が自分のあとを追って電車を降りてくれれば、ふつうはそのことに気がつくんじゃないか。満員電車のなかでいたずらされても、どの人間がその痴漢なのか、女はそのことが直観的にわかるもんじゃないのか。そんな話を聞いたことがあるぜ。あんたの場合はどうなんだ？」

「それは、まあ、大体はわかりますけど」

「その人間が自分と同じ駅に降りてくる。そいつが痴漢かどうか確信が持てなくても用心はするだろう。用心しないわけがない。そのあとに被害者がトイレに入るというのがおかしい。みすみす襲ってくれと誘っているようなものじゃないか」

「痴漢が自分のあとをつけているのに気がつかなかったんじゃないでしょうか」

「そういうこともあるかもしれない。だけどな、おれが思うに——」

そのとき電話が鳴った。

袴田はコートのポケットから携帯電話を取りだし、ボタンを押した。そして、ハイ、袴田ですが、とタバコをくわえたままで返事をした。顔がわずかに緊張した。あとは、ハイ、ハイと返事をするだけで、何もいおうとしなかった。相手は一方的にいいたいことをいって電話を切ったようだ。袴田の口からぽろりとタバコが落ちた。

「ちょっと面倒なことになりそうだぜ」

袴田は仏頂面《ぶっちょうづら》をしながら携帯電話をポケットに戻した。

「東京地検の検事さんがあんたに会いたいそうだ」

「検事さんが？」

「ああ。もともと東京地検には囮捜査に批判的な検事が多いと聞いている。おそらく所轄署か捜査一課のほうから報告がいったんじゃないかな。あんたはしくじって、おかげで刑事たちは犯人じゃない人間を検挙するはめになってしまった。それがいい報告のはずはないな。これからすぐに来いってさ。あんた、しぼられるぜ」

「袴田さんも一緒に地検に行ってくれるんでしょう？」

「いや、やめとこう。地検に呼びだされたのはあんたひとりだけらしい」

「そんな」

志穂は憤慨した。

「何かのときには助けてくれるってさっきそういったばかりじゃないですか」

「そうだったかな。忘れたよ」

袴田はにやりと笑った。

老練で、ひどくしたたかなものを感じさせる笑いだった。

2

北見志穂を東京地検に呼びだしたのは、刑事部「本部事件係」の那矢《なや》という名の検事だった。

刑事部「本部事件係」は、殺人事件など警視庁が特別捜査本部を設置した事件を専門に取りあつかう。

本部事件係検事は、事件が発生したときから現場に直行し、証拠収集などに関連して捜査を指揮し、捜査会議にも出席することになっている。

志穂もそんなことから那矢検事の顔は知っているが、三十代の後半、精悍《せいかん》でやり手の検事という印象が強い。

もともと科学捜査研究所に特別被害者部が設置されることについては、検察庁内部で強い反対があったと聞いている。

囮捜査の合法性に関して難色を示す検事が少なくなかったらしい。

袴田刑事によれば、那矢検事はその反対派のひとりで、今回の「品川駅通り魔殺人事件」に特別被害者部が関与するのを、最初からひどく嫌っていたという。

その那矢検事に呼びだされたのでは志穂も緊張せざるをえない。

那矢検事の部屋に案内してくれたのはまだ若い検事だった。

おそらく司法修習を終えて地検に配属されたばかりなのだろう。

美男とはいえないが、濃く太い眉がいかにも若々しい。ムッと怒ったような顔をして、ほとんど何もしゃべらずに、志穂を部屋まで案内した。

――この検事さんも特別被害者部に反感を持っているのかしら？

そのことが、ただでさえ心細い思いにかられている志穂を、なおさら怖じ気づかせるのだった。

那矢検事の部屋に着いた。

若い検事は怒ったような顔をして、ドアをノックし、返事を聞いて、怒ったような顔のままでドアを開けた。

部屋では那矢検事と検察事務官のふたりが待っていた。

「ご苦労さま、おぐらくん」

那矢検事がそう声をかけると、若い検事はやはり怒ったような顔をして頭を下げ、すぐに部屋を出ていった。

――おぐら？　小倉と書くのかしら？

ふとそんなことを思った。

妙に記憶に残る人だった。

「わざわざ足を運んでいただいて申し訳ありませんでした。お掛けください」

那矢検事がそういった。

口調は丁寧だが、声は冷たい。志穂を見る目もとげとげしかった。

それだけでもう志穂はすくみあがってしまっている。

「失礼します」

その声もいまにも消えいりそうだ。

検察事務官が同席しているのが気になる。これではまるで取り調べではないか。

那矢検事は志穂が事務官のことを気にしているのに気がついたらしく、

「その人のことは気にしなくていい。べつだん調書を書いてもらうわけじゃないから。若い女性とふたりだけで個室にいるのは好ましくないと考えてね。それで同席してもらっているだけだ——」

そうわざわざ断った。

これは言葉を換えれば、つまり志穂との人間的な交流は頭から拒否しているということだろう。

最初から敵意が剝きだしだった。

那矢検事は無縁慮な視線で志穂を見て、

「駅のトイレで黒木というホームレスに襲われたそうですね。見たところ、どこも怪我はしていないようだが——どうですか。どこか痛みますか」

「いいえ、大丈夫です」

首を振った。

「どこも痛いところはありません」

実際には足首に痛みが残っていたが、この那矢検事をまえにして、弱みを見せるようなことはしたくなかった。

女ではあっても、法的には微妙な立場の囮捜査官であっても、いや、それだからこそなおさら、むやみに弱音を吐くようなことはしたくない。

そうですか、と那矢検事はうなずいて、

「黒木は現行犯逮捕されて、現在、所轄署に拘束されていますが、わたしとしては勾留も起訴もしないつもりです。すでに釈放の指示を与えました。暴行の現行犯で、しかも住所不定だ。泥酔していて、しかも初犯だという事情を考慮しても、本来なら勾留はまぬがれないところです。それを釈放せざるをえなかった。どうしてかわかりますか」

「いえ……」

「事件を構成するには『あれなくばこれなし』という関係を立証しなければならない。つまり犯罪を構成する原因と結果を証明しなければならないのです。今回の場合、その原因として被害者の度をこした挑発行為がとりあげられることになるでしょう。つまり、この暴行事件に関して、原因と結果を考えるなら、被害者が共犯者という妙なことにもなりかねない。わかりますか。そもそも事件が成立しない。これでは起訴はもちろん勾留することもできません」

「度をこした挑発行為？」

志穂はあっけにとられた。

「わたし、そんなことはしていません」

「そんなことはないでしょう。現に、黒木はあなたがあまりに露出的な格好をしていたので、ついむらむらと変な気を起こしてしまったと証言している。黒木はこれまで女性を襲ったことなどない。これが初犯です。現場の捜査員たちからもあなたの格好がとても挑発的だったという報告が入っています。行き過ぎではないかという報告です」

「誰がそんなことをいってるんですか。井原さんですか」

「誰でもいい。そんなことより問題は、いいですか。あなたはつまり、この事件に関して、被害者である以上に共犯者だというそのことなんです」

頭ごなしにそう決めつけられて頭のなかがカッと熱くなるのを覚えた。

「そんなの承服できません」

ついそう口答えしてしまった。

「そんなのおかしいわ」

「…………」

検察事務官が驚いたように顔をあげた。

志穂は臆病なのに向こう気が強い。びくびくしているのに理不尽なことには耐えられない。学生時代もこの調子でいつも教師と衝突してきた。それは社会人になっても変わらない。物事をなあなあで済ますことのできない損な性質なのだ。

「なにがおかしいというんですか」

那矢検事の目が陰険に光った。

「わたしは暴行されたんです。暴力をふるわれたんです。それだけが事実です。あの黒木という男を起訴するかどうかは検事さんがお決めになることで、わたしはそのことに異議をとなえようとは思いません。でも暴行された人間がその共犯者だなんて、そんな馬鹿げた理屈は納得できません」

「きみに納得してくれとはいっていない。わたしが担当検事としてそう考え、そう決めたといってるんだ。きみの意見を聞きたいとは思っていない」

「…………」

志穂は唇を嚙《か》んだ。

これはつまり昔から根強く残っている男社会の論理だ。男に襲われるような女はその女にも隙があるからだ、というあのおなじみの論理なのだ。被害者であるはずの女がいつのまにか事件の責任の一端をになわされてしまう。女性はそれが嫌さに泣き寝入りすることになる。

囮捜査官に就任したときから、いずれはその偏見に悩まされるときが来ると覚悟してはいたが、まさか初日から、しかも本部事件係検事から、そんな偏見をぶつけられるとは夢にも考えていなかった。

「もともと、囮捜査は、捜査機関が詐術を用いて被疑者を罠にかけ、犯罪にいたらしめるもので、十分に国民の合意をえているとはいえないものだ。検察庁でもいまだに賛否両論があって、これまで麻薬、薬物事犯、せいぜいが売春事犯にかぎって認められてきたにすぎない――」

那矢検事は居丈高《いたけだか》にわめいた。その言葉がやや文語調になったのは刑訴法の条項から引用しているからだろう。

「ましてや専任の囮捜査官などとんでもない話だ。特別被害者部の存在など認めているる検事はほとんどいないんだ。麻薬及び向精神薬取締法五八条にてらしあわせても明らかに違法じゃないか。なんで科捜研にそんな部署が許されるんだ」

「…………」

志穂は黙り込んだ。

何かいえば自分もわめき出しそうで、血が滲《にじ》むほど強く唇を噛んでいた。

これは嫌がらせだ。検事が捜査官から事情を聞くなどという性質のものではない。

悔しい。

東京地検に特別被害者部の設立に反対する人間が少なくないとは聞いていたが、こんなに露骨に敵意を剝きだしにされるとは思ってもいなかった。

「どうしたんだ？　なんとかいったらどうなんだ？　検察を舐めているのか」

那矢検事がそうかさにかかっていたぶりはじめたとき――

ふいにドアが開いて、ひとりの男が部屋に入ってきたのだ。

「那矢くん、ずいぶん陰険な真似をするじゃないか」

とその男が声をかけてきた。

「特別被害者部にクレームがあるなら、部下にではなく、ぼくに直接そういったらどうなんだ？」

低く、静かだが、その底に怒りをこめた声だった。

「…………」

事務官が腰を浮かしかけ、そのままの姿勢で体を凝固させた。

那矢検事もとっさに返事ができなかったようだ。

その男は、志穂の上司、特別被害者部の部長——遠藤慎一郎《えんどうしんいちろう》だった。

3

遠藤慎一郎、三十四歳——

専攻は犯罪心理学。

T大・大学院を卒業し、ケンブリッジに留学、めざましい成果をあげ、帰国後、母校に助教授として迎えられる。

その専攻が犯罪心理学であることから、いつしか警視庁・科学捜査研究所、とりわけ心理研究室、補導研究室、環境研究室などと密接な関わりを持つようになった。

もちろん、そうなったのは遠藤が犯罪心理学の専門家として、きわめて優秀であるからだが、それ以外にもその家柄が大きく関係していた。

遠藤の一族は戦前からつづく法曹界の名門で、検事、裁判官、弁護士などをそれこそきら星のように輩出している。

現に、いまも遠藤の父親は高等検察庁検事長であり、また叔父は東京弁護士会の会長をつとめている。そのほか法務省に勤務している者まで数えあげれば、遠藤の一族は法曹界の人材の宝庫といってもいいほどなのだ。

そんななかにあって、犯罪心理学を専攻する遠藤慎一郎は、やや変わりダネといえるかもしれない。

しかし、さすがに血筋は争えないもので、遠藤慎一郎はとりわけ異常犯罪の心理分析に優れた手腕を発揮し、これまで（非公式にではあるが）科捜研に協力し、何度か難事件を解決している。

また、そうでなければ、いくら一族の後ろ楯《だて》があったとしても、一民間人にすぎない遠藤慎一郎を、科捜研がここまで信頼するはずがない。

遠藤慎一郎はとりわけ「被害者学」の研究に熱心だった。

「被害者学」とは、現実に生起する事件を経験科学的に究明し、犯罪者と被害者とのあいだに展開される人間的な葛藤《かっとう》を分析する分野といえばいいだろう。

たんに犯罪者ばかりではなく、被害者側の心理も分析するわけだが、これによって刑事司法政策に寄与するところ大なるものがあると期待されている分野なのだ。

犯罪心理学全般に関していえば、西欧での研究は日本にははるかに先行しているが、「被害者学」は比較的新しい分野で、これなら日本の研究者も十分に太刀打ちできる。

そんなことから遠藤慎一郎が各方面に積極的に働きかけ、ついに科学捜査研究所の外郭研究団体として設立にまでこぎつけたのが、すなわち「特別被害者部」なのだった。

「特別被害者部」のそもそもの設立意図は、現実の事件をサンプルとしてできるかぎり多く収集し、それによって「被害者学」のデータの充実をはかることにあった。

しかし、「特別被害者部」はたんに科捜研の外郭研究団体としてとどまってはいなかった。

「被害者学」を現実の事件に当てはめておし進めていけば、必然的にその事件における理想的な被害者像を割り出すことができる。

そして、いわゆる通り魔的な性質を持つ事件において、理想的な被害者が犯人を誘いだし、その逮捕に寄与する可能性が大であることはいうまでもない。

犯人の性格、性癖、嗜好、行動パターンなどを分析し、その分析結果から、その犯人にとって理想的な被害者像を割り出す。

あとはその理想的な被害者を演じる囮を設定すれば、やすやすと犯人を誘い出すことができる。

こうして特別被害者部は、科捜研の心理研究室、補導研究室、環境研究室の三部署に協力し、犯罪捜査に囮捜査官の制度を導入することになったのだ。

もちろん、これも遠藤慎一郎の縁戚が法曹界に大きな影響力を持っているからこそ可能になったことだった。

つまりは遠藤慎一郎の政治力だ。

が、とりわけ東京地検において、リベラルと称される検事たちのあいだに、囮捜査の合法性に関して疑問視する人間は少なくない。

ひとつには、遠藤一族に対する反感もあるだろうが、囮捜査の合憲違憲をめぐって、事実上、検察庁は二派に分裂しているといってもいい状態なのだった。

「本部事件係」の那矢検事は、囮捜査反対派のひとりである。

そんな那矢検事にとって、「品川駅通り魔殺人事件」に囮捜査を導入することになったのは、さぞかし苦々しいことであったろう。

それだけに、囮捜査が、本来、事件に無関係であったはずの人間の犯行を誘いだしてしまったのは、特別被害者部の大きな失点に思われたのにちがいない。

これを好機に、囮捜査官に圧力をかけようと思ったのだろうが、まさか特別被害者部の責任者である遠藤慎一郎がじきじきに東京地検までやって来るとは予想もしていなかったはずなのだ……

「これからは特別被害者部に苦情があるのなら、直接、科学捜査研究所のほうに申し出てもらえませんか。捜査官に対して圧力をかけるような真似はくれぐれもつつしんでもらいたい」

遠藤慎一郎はあくまでも自信に満ちて、冷静さを失おうとしない。相手が検事であろうと一歩もしりぞこうとはしないのだ。

「そもそも今回の事件に囮捜査を導入するのを決定したのは法務省だ。地検が法務省の頭ごしに囮捜査に異議をとなえるのは筋違いというものじゃないですか」

遠藤に比して、那矢検事のほうはいささか迫力不足の感はいなめない。なにしろ遠藤の父親は、きわめつけの実力者である高検検事長なのだ。どうしても圧倒されがちになるのはやむをえない。

「わたしには『本部事件係』検事として捜査本部を指揮する権限がある。法務省がどんな決定をくだそうと、捜査にさしさわりがあると判断すれば、それを指導できる立場にあるはずだ」

その声も弱々しかった。

「だから、それだったら法務省、内閣法制局のほうに文書で抗議してもらいたい、とそう申しあげている。囮捜査が違憲だというなら憲法論争に持っていけばいい。こちらにはそれにお答えする用意がある。なにも現場の捜査官に八つ当たりすることはない」

「………」

那矢検事は悔しげに唇を噛んでそっぽを向いた。

遠藤は志穂のほうを見ると、さあ、行きましょう、とうって変わって優しい声でそういった。

「はい」

志穂は声を張りあげた。

遠藤の優しさが思わず涙ぐみそうになったほど嬉しかった。これが上司でなく、人目がなければ、抱きついていくところだ。

遠藤の私生活に関してはほとんど何も知らない。ただ独身だとは聞いている。こんなに頼りになって素敵な上司はいない。そうではないか。

「たいへんな目にあいましたね——」

那矢検事の部屋を出ると、遠藤がそうねぎらうようにいった。

「もうすこし早く来られればよかったのだが、連絡を受けたのが遅かった。あなたには申し訳ないことをしました」

「いえ、わたし、こんなの平気です。鈍感ですから何をいわれてもそんなにはこたえないんです」

「いや、検事のこともそうだが……」

遠藤は語尾を濁し、通路の先のほうに向かって顎をしゃくった。

「…………」

思わず体がこわばるのを覚えた。

そこにあの黒木というホームレスが立っていたのだ。すっかり酔いは覚めているらしい。大きな体をすくめるようにし、しょんぼりとうなだれていた。

黒木は志穂に卑屈に頭を下げると、

「どうもさっきはとんでもないことをしてしまいまして。つい酒にのまれてしまって、いや、なんとも申し訳ないことをしでかしました。おかげさまで釈放されました。これに懲りて、もう二度と深酒はやりません。すいませんでした」

「…………」

志穂としては返事のしようがない。

黒木に襲われた恐怖はいまも体のなかにしこりとなって残っている。どんなに謝罪されても、そうですか、とすぐにそれを許す気にはなれない。

「許してやって欲しいとわたしから頼むのも変なのだが、そのかわりに――」

遠藤はとりなすようにそういい、そこで苦笑を洩らした。

「いや、そのかわりというのもやはり変かもしれないが、黒木さんは耳寄りな情報を持ってきてくれたんだよ」

「耳寄りな情報？」

志穂は遠藤の顔を見た。

ああ、と遠藤はうなずいて、

「黒木さんは深山律子、檜垣恵子のふたりを殺した犯人に心当たりがあるとそういうんだよ」

本庁幹部会議

1

朝――
六時三十分。
ドアの郵便受けに新聞が入れられる。
コトン、という音がする。
いつもその音で目が覚める。
絨毯《じゅうたん》のうえで寝そべっていたゴンがムクリと身を起こし、ベッドまでやってきて、顔を舐める。

もうベッドに寝てはいられない。

ベッドから出ると、真っ先に窓のカーテンを開ける。

窓の外は畳一枚ほどの小さいベランダになっている。

そこに洗濯物を干す。

若い女のひとり暮らしだ。

下着を干すときには注意する。男物の下着を買ってきて、それも一緒に干すようにしている。

それでも下着が盗まれる。

ここ二、三週間、ショーツを干すと、取り込むときに、かならず二、三枚なくなっているのだ。

「…………」

ため息をついた。

今朝もまた下着の数が足りない。気にいっていたショーツが紛失している。

マンションのワンルームだ。

ベランダは駐車場に面している。

夜には駐車場に人の出入りはない。

二階といっても、いまどきのマンションで天井が低いから、駐車場から窓づたいにベランダによじ登るのは難しくないだろう。

それにしても、

――見上げた根性だわ。

感嘆せざるをえない。

できるだけ洗濯物は夜のうちに出し、朝一番に取り込むようにしているのに、そのわずか数時間のあいだに下着を盗まれるのが腹だたしい。

よほど女の下着に病的な執着心を持っている人間の仕業にちがいない。

それにしてもどうして自分ばかりがこんな被害にあわなければならないのか？

――わたしはいつもそうだ。

怨みがましくそう思う。

小学生のときからそうだった。

塾に行けば夜道を男につけ回される。電車に乗れば痴漢に腰をさわられる。コンビニでアルバイトをすれば店長に関係をせまられる。夜の公園で下半身を丸出しにした見知らぬ若い男に追いかけまわされたこともある。盗まれたショーツの数は優に百枚以上になっているのではないか。

　どうして自分ばかりがこんな目にあわなければならないのか。とりわけ人目を引く服装をした覚えもないし、派手な化粧をした覚えもない。ましてや（好きになった相手はべつにして）男の気を引くそぶりをしたことなど一度もない。

　慎重なうえにも慎重にふるまっているつもりなのに、いつも息せき切った男に追いかけ回されるはめになるのだ。

　学生時代の友人にいわせれば、

——志穂は凄ぇ色っぽいんだよね。なんてえの、男好きするタイプ？　そういう感じなんだよね。

——冗談じゃないよ。わたし、色っぽくなんかないよ。

——自分じゃわかんないんだよ。いいジャン。男にもてるんだもん。羨《うらや》ましいよ。

——よくなんかないよ。

　志穂は憤慨した。

　友人は無責任で軽薄だった。ぜんぜん相談相手にならない。

　いつもいつも男につけ回される生活がどんなに神経を消耗させるものであるか、それは本人でなければわからないことだ。

東京の大学を選んだのも何も好んでそうしたのではない。故郷の小樽《おたる》が大好きで、できれば札幌《さっぽろ》の大学にでも通いたかったのだ。

その希望が挫折した。

遠い親戚の大学生が勝手に熱をあげて追いまわし、あげくのはてに部活の帰り道、夜の公園に引きずり込もうとした。母親に教えられた金蹴りをいれて、なんとか難を逃れたが、これからもその大学生につけ回されるかと思うとつくづくいやになり、それで東京の大学を受験する気になった。

大学で好きな相手ができた。

真面目だが、真面目すぎるというほどではなく、背が高く、ファッションのセンスもよく、一緒にいて楽しい人だった。

大学三年のときに同棲したが、それも半年たらずで別れることになった。

——ぼくにはわかるんだ。きみはぼくに芯から心を許していない。なんだかどこかでぼくのことを怖がっているみたいだ。ぼくはもうそのことに我慢できない。

別れぎわに相手がいった言葉だ。その言葉は胸を深くえぐった。

——なによ、嫌いになったんだったら嫌いになったとはっきりいえばいいのに。

そのときには反発を覚えたが、おそらく相手の言葉は正しい。

どこかで志穂は男のことを怖がっているのだ。小学生のときからいつも男たちにつけ回された嫌悪感がどこかに根強く残っている。そのために素直に男に心をひらいて接することができない。

相手の男が出ていったあともひとりマンションに残った。

それがこのマンションだ。

男の表札はドアに掛けたままで、これは厄除《やくよ》けと称しているが、じつはどこかに未練を残しているのかもしれない。

ふと、きのう会った小倉という若い検事のことを思いだした。

会ったときには気がつかなかったが、眉が太いところは、どこか別れたあの人に似ているようだ。

寡黙《かもく》で、生真面目そうだが、好感の持てる人だった。

——だけど……

もう男は懲りごりだ。

ちらり、と遠藤慎一郎の顔が脳裏をよぎった。

——もう男は懲りごりだ。しばらくは。

そう慌てて頭のなかで訂正した。

志穂は文学部を選んで、三年からは犯罪心理学を専攻した。

そのときの教師が遠藤慎一郎だ。

とりわけ「被害者学」に興味を持ったのは、自分もまた典型的な被害者タイプではないかという思いがあったからだ。

どこで、どんなことをしていても、男たちは志穂をつけまわす。志穂にそんな気はぜんぜんないのに、何かというと男たちは彼女の手を握り、唇を奪おうとする。抱きしめ、押し倒そうとする。

志穂はいつもそのことにビクビクして、息をひそめるようにして暮らさなければならなかった。男たちにつけ回されるのは自分に隙があるように思い、そのことに罪悪感さえ覚えた。

しかし――

ついにそんな自分に耐えられなくなったのだ。

同棲していた相手は、いつも男におびえている志穂にいらだって、自分だけさっさと逃げだしていってしまった。

どうして志穂ひとりがいつも被害者でいることに我慢しなければならないのか?

――わたしは何も悪いことはしていない。それなのにどうしてこんな惨めな思いをしなければならないの。被害者でいるのはもうたくさんだ！

志穂は変化を求めた。

根本的に自分が生まれ変わらなければならないとそう考えていた。

そうでなければ真に幸せになることはできないだろう。

そんなときだ。

構内の掲示板に貼られた大学報が目にとまったのは——

なんでも「特別被害者部」という科学捜査研究所の外郭研究団体が新設され、遠藤助教授がその責任者に就くという。

「特別被害者部」では女性の部員を求めていた。

心理学、それもできれば「被害者学」に興味を持つ女性が好ましい、とされていた。

給与、労働条件は悪くない。

たまたま超氷河期と称される就職難で、とりわけ大卒の女子は、極端に求人が少ない時期でもあった。

志穂は採用試験を受ける気になった。

数百人からの応募者があり、そのなかから七人の若い女性が仮採用された。

そのなかに志穂も交じっていた。

数十倍の競争を勝ちぬいて自分が採用されたことが信じられなかった。自分は幸運だったのだとそう思った。

幸運などではなかった。

遠藤は生まれながらの被害者タイプを求めていたのだ。囮捜査官として犯罪者の関心を引くタイプを求めていた。

たまたま志穂はその条件に適していたにすぎない。

大学四年の夏休みから半年、聴講生として警察学校に通わされた。ここで囮捜査官としての適性を判断され、三人が採用を取り消された。志穂はここで本採用になった。

警察学校を卒業するとさらに半年、本庁の捜査講習を受けさせられた。合気道と逮捕術の実技訓練がきつかったが、なんとかそれにも耐えた。

ここでふたりが脱落し、結局、女囮捜査官として残ったのは、志穂ともうひとり、早瀬《はやせ》水樹《みずき》だけだった。

巡査と同一の資格を与えられみなし公務員として採用された。

志穂はもう男の影におびえて暮らす被害者タイプではない。いや、あいかわらず被害者タイプかもしれないが、それを逆手にとって犯罪者を捕らえる、囮捜査官なのだ。

しかし……

どんなに意気込んでも、以前と同じように、ハンガーに干したショーツを盗まれつづけるのでは、その意気込みも空回りしようというものだった。

がっくりきてしまう。

もっとも朝の志穂は忙しい。

いつまでもショーツが盗まれたことに落胆してはいられない。

身支度をしなければならないし、体力を消耗する囮捜査官の仕事を考えれば、朝食もきちんと取らなければならないのだ。

そのうえ、このところ大家さんが旅行をしていて、その飼い犬のアフガンハウンドの世話もしなければならない。それがつまりゴンなのだった。

人なつっこい犬で、どういうことか飼い主よりも志穂のほうになついている。大家さんが留守のあいだ、部屋に入れて世話をしているのだが、この犬が甘えん坊で朝からクンクン鳴いて身をすり寄せてくる。その餌の用意もしなければならないのだ。

いつもは忙しく動いているうちに下着泥棒のことなど忘れてしまう。

が、今日ばかりはそうではない。

きのう、那矢検事にさんざんいたぶられたことで、いつにも増して気持ちが戦闘的になっていた。

——ホントにもう腹がたつ。なんとか下着泥をギャフンといわせるいい方法はないものかしら。

本気でそのことを考え始めていた。

要するに志穂は心底から憤慨しているのだった。今朝はいつにも増して怒るのに忙しかった。

そんな忙しいときに電話が鳴った。

「はい」

受話器を取ると、

「おれだ、袴田だ」

ボソボソと低い声が聞こえてきた。

「ああ、袴田さん、お早うございます」

「きのうは那矢検事にさんざん絞られたんだってな。大変だったらしいじゃないか」

「もう袴田さんのことは当てにしません。ったくもう！　すこしも助けにならないんだから」

「おれが行っても何の役にもたたない。検察じゃ相手が悪すぎるよ。部長が駆けつけたろう。あんたが大変だろうと思って部長にご注進におよんだのはおれなんだけどな」

「わあ、そうなんですか」

声に精一杯の皮肉をこめて、

「袴田さんって、ホント、親切なんですねえ」

「ああ、そうさ。いまごろわかったか」

袴田には皮肉が通用しない。すこし笑い、急に声を引きしめると、

「今日は所轄じゃなくて本庁のほうに行くんだってよ。なんでも本庁の幹部会議に出席させられるらしいぜ。もちろん部長も同席するということだ」

「幹部会議？　どうして？」

「さあな、部長の肝煎りだろうよ。あんたを襲った黒木という浮浪者な。あいつに犯人の心当たりがあるらしいって話は聞いてるだろう」

「ええ、くわしい話は聞いてないけど」

「そのことで、囮捜査が必要になったんじゃないかな。またぞろ特別被害者部の出番というわけだ。幹部会議でその打ち合わせがあるんだろうよ。今度こそおれが頼りになるところを見せてやるよ」

「ありがとうございます――」

志穂は殊勝にそう言い、

「袴田さん、頼りになる」

「幹部会議は九時からだ。遅れるんじゃないぞ」

袴田は志穂の軽口にとりあおうとはしなかった。さっさと電話を切った。

あの横着で、どんなことにも動じない袴田刑事が、さすがに本庁の幹部会議に同席するというので緊張しているのだろう。

そのことを思うと、体が震えるような緊張を覚えた。

2

九時——

時間きっかりに本庁幹部会議は始まった。

二十人近い人間がテーブルを囲んですわったが、志穂が顔を知っている人間は、ほんの数えるほどしかいない。

本庁捜査一課六係の係長、井原主任、もうひとりの主任、管理官、課長、それに所轄署防犯課の係長、そして那矢検事……このあたりは捜査本部の会議で顔をあわせているから、なんとか名前と顔が一致する。

しかし、そのほかの人間は初対面だ。誰もあらためて紹介してくれようとする人間もいなかった。

特別被害者部からは遠藤、袴田、それに志穂の三人が出席していた。

まず司法解剖された死体の検案書が読みあげられ、つづいて鑑識からの報告が読みあげられる。

このあたりの段取りは通常の捜査会議と変わらない。

檜垣恵子も、深山律子も背後から紐状のもので首を絞められている。

頸部《けいぶ》にははっきり絞痕が残されていて、前頸部に細い線上の表皮離脱が確認された。

これは首を絞められた人間が苦しんで、なんとか紐をゆるめようともがくために生じる爪痕である。

絞痕の強弱から、犯人は被害者の左後ろ側頸部に紐の一端を固定し、すばやく右手で紐をグルグル巻きにして一気に絞めつけたものと思われる。そのことからも、犯人はかなり紐の扱いに慣れた人間ではないか、という鑑識からの参考意見が提示されている。

紐の幅は一センチから一・五センチ、かなり太い。ただし、いずれの被害者頸部からも繊維等は発見されておらず、紐の種類を特定するまでにはいたっていない。

第一の犠牲者、檜垣恵子の失禁したらしい尿がトイレ洗面所まえの床から発見されている。これはつまり、被害者は洗面所で手を洗うなりしているところを背後から襲われ、首を絞められたまま、トイレブースに引きずり込まれたことを示している。

女性が駅のトイレで鍵をかけずに用を足すことはまずありえないから、おそらく深山律子も同一の手段でブースに引きずり込まれ絞殺されたものと考えていい。

ただ、これも現場がトイレであることから、床に残された尿を檜垣恵子のものと速断するのはやや危険であり、再検討の余地があるものと思われる。

足痕鑑定からははかばかしい結果が出ていない。

女子トイレに男の靴痕が残されていれば、それは十中八九、犯人のものと断定してもいい。靴のサイズから犯人のおおよその身長を割り出すことができたろうし、その底に傷でもついていれば、犯人逮捕の際の有力な物証になったはずなのだ。

だが、残念ながら、橋上トイレ、第二ホームトイレ、いずれの現場においても、犯行直後、駅の清掃員が朝の掃除を始めてしまっていた。そのために床の足痕の大部分が消されてしまったのだ。

現在も、紫外線、赤外線を応用した足痕鑑定がつづけられてはいるが、この方面からの成果もあまり期待できないだろう。

なにしろ現場が現場であり、指紋は無数といっていいほど残されていた。指紋は可能なかぎり、すべて採取され、現在、警察庁保管の指紋原紙との照合が進められている。そのなかで前歴者などの指紋と一致するものがあれば、慎重に捜査が進められることになるが、いまのところ、そうした報告は入っていない。

それでは深山律子のコートに残されていた精液の鑑定はどうか？　分泌型のB型という結果が出ているが、これをもってして犯人の血液型と速断するのも危険すぎる。

たしかに深山律子は独身だが、男友達は複数いて、そのなかの何人かとは肉体関係があったらしい。被害者のコートに付着していた精液が放出されてからどれぐらい時間がたったものなのか？　鑑識ではそのことを特定することができずにいた。それが特定できないかぎり、その精液が犯人のものなのか、あるいは男友達の誰かのものなのか、それも特定できないわけだ。

強姦事件の場合、被害者の唇、乳部、外陰部周辺などに、犯人の唾液が残されていることがよくある。唾液からは血液型を鑑定することが可能だ。

精液と唾液との鑑定結果が一致すれば、まずそれを犯人の血液型と断定してもいいわけだが、ふたりの被害者の体からは唾液は発見されていない……

「要するに解剖の結果からも鑑識の結果からも犯人を特定するような有力な決め手は出ていないわけだ」

捜査一課の係長がそういったが、それがつまり、ここまでの幹部会議の結論ということになりそうだった。なにもわかっていない、というそのことが。

3

一瞬、会議の席に沈黙が張りつめたが、

「清掃アルバイトの阿部については、事件と関わりなしという結論にいたりましたが、もうひとり、捜査線上にこれは有力かと思われる容疑者が浮かんできました――」

すぐに井原主任が発言した。井原は手帳をめくり、それをゆっくり読むようにして、言葉をつづけた。

「ええと、名前は古田《ふるた》隆義《たかよし》。五十三歳。博多《はかた》のナイスという食品会社に勤務していて、現在は東京に単身赴任しています。ナイスは明太子などを取り扱っている会社で、東京への進出をはかって、渋谷Sデパートの地下食料品売り場に店を出しています。古田には営業拡張課長という肩書きがついていて、東京進出の責任を一手に負わされた、いわば切り込み隊長というところです。ほかの従業員は全員がパートで、古田ひとりがナイスの社員ということですから、まあ、孤軍奮闘しているということなのでしょう」

井原が話しているあいだに手から手に順繰りに封筒の束が回されていった。

封筒を開けてみた。

封筒には、古田隆義という人物のかんたんな履歴と、写真が入っていた。

古田は博多に家があり、妻と子供ふたりの四人家族、現在は京浜急行・鮫洲《さめず》のマンションでひとり暮らしを送っている。

写真はどうやら隠し撮りしたものをコピーしたらしい。

大柄で、きれいに禿げている。

精力的な風貌をしていた。

いかにもやり手といった印象だが、背広にネクタイという姿で、大きなゴミ袋をぶらさげているのが何とはなしにわびしい。

出勤の途中でゴミを捨てようとしているのだろう。

そして、それを捜査員に隠し撮りされた……

「こういう男は強いんだ。女を乗りつぶすタイプだ――」

誰かがそんな下卑た冗談をいい、隠微な笑いが拡がった。

「どうしてこの古田なる人物が捜査線上に浮かんできたのか？　これからそのことをご説明したいと思います」

井原は咳払いをし、声を張りあげた。

「ご存知のこととは思いますが、火曜日が休みというデパートは多い。Sデパートもそうです。当然、古田も火曜日が休みということになる。しかるに、先々週の火曜日、古田は品川駅において警察官の不審尋問を受けています。それというのも、通学途中の女子高生数名から、この古田という男に駅の構内をつけ回されたという訴えがあったからなのです――」

「駅で女子高生をつけ回した？　具体的な痴漢行為はあったのか」

とこれは一課の係長が尋ねた。

「いいえ、なかったようです。このときには、古田本人が強く否定したのと、身元がはっきりしているということで、警察官も二、三、必要なことを記録にとどめただけで、すぐに釈放したということです。あとをつけ回されたと訴えている女子高生たちが、まあ、あまり真面目じゃない、というか、そんなタイプの女の子たちばかりだった、ということもあるらしい。女の子たちの話を一方的に信じるわけにもいかなかったということなんでしょう」

「尋問した感触というものがあるだろう。そのときの警官は何といってるんだ？　尋問した感触はどんなふうだったんだ？」

「おそらく事実だろうということです。事実、古田は女子高生たちのあとをつけ回した。ただし、つけ回しただけで、それで女の子たちをどうこうしようというつもりはなかった。出来心でついそんなことをやってしまったが、警察官に不審尋問されて、すっかり震えあがってしまった……そんな感触を受けたといってました」

「そのときにその警察官は前科《まえ》の照合はしたんだろうな」

「ええ、前科はありません」

「なるほど、それなら実際に犯行におよぶ可能性はないと判断するのも当然だな」

「そういうことです。しかし、ここで留意していただきたいのは、このことが起こったのが先々週の火曜日だったということです。檜垣恵子が殺害されたのが先週の火曜日、深山律子が殺害されたのもやはり火曜日……つまりこの事件の犯人は火曜日を選んで凶行におよんでいる。そして先ほどお話ししたように古田の働いているデパートは火曜日が定休日なのです——」

「火曜日が休みの人間はいくらもいる。先々週の火曜日に駅で女子高生につきまとったからといって、それだけで古田を容疑者と考えるわけにはいかんだろう」

と管理官が口を挟んだ。

「もちろん、それはそうです。ですが、ここにもうひとつ有力な証言があるのです。これは怪我の功名といいますか、きのう、囮捜査官を襲った黒木というホームレスから偶然に得た情報なのですが――」

井原はそこでちらりと志穂を見た。

怪我の功名、という言い方といい、その冷ややかな視線といい、あいかわらず志穂のことをこころよくは思っていないようだ。

「…………」

わずかに顔がこわばるのを覚えた。

「なんでも品川駅の女子トイレに男がひそんでいるというんです。それも常習だったらしい。ホームレスたちはよく駅のトイレを利用しますからね。自然にそのことを嗅ぎつけたんでしょう。つい最近も、黒木たちホームレス仲間が数人がかりでその男を捕まえたということなんですが――」

「何だ？　捕まえたというのはどういうことなんだ？」

管理官がけげんそうな顔をした。

「駅から出てくるのを待ち伏せしたということらしいです。数人がかりで捕まえて、心得違いを諭したというんですがね。まあ、要するに恐喝まがいのことをしたんでしょう。相手がまともな立場の人間であればあるほど、駅の女子トイレに潜んでいたなどということがおおやけにされては困るはずですからね。相手のいいなりになって金を払うしかない。そのときに黒木たちは男の名刺からその名前を確かめています。その名前というのが――」

「古田か……」

誰かが興奮した声でいった。

そうです、と井原はうなずいた。

「古田だったんです。黒木は、名刺に勤務先が記されていて、それがSデパートになっていたことも覚えていました。皆さんのお手元にある写真は、今朝、撮影したもので、まだ黒木には見せていませんが、今日のうちにも確認をとりたいと考えています」

「こいつが真犯人《ホンボシ》かな」

誰かがそうつぶやき、その声に触発されたように、幹部たちはあらためて写真の男を見つめた。

「それでわかった。どうもおかしいと思ったんだ――」

所轄署の刑事部長が大声でいった。

「たしかに橋上トイレも第二ホームトイレも人目につきにくい現場ではある。それにしても品川駅にあるトイレだ。男が女のあとを追って女子トイレに入っていけば、誰かの目につきそうなもんじゃないか。それがどんなに聞き込みをやらせても目撃情報は皆無だ。こんなことがあるはずがない。おれはおかしいと思ったんだよ」

なるほど、そういうことか、と誰かがつぶやいた。それを受けて、そういうことなんだよ、と刑事部長は言葉をつづけ、

「男が女のあとをつけて女子トイレに入ったと考えるから話がおかしくなるんだ。あらかじめ男は女子トイレにひそんでいたんだ。そういうことなんだ。それなら人目につかず男が女子トイレに入るのもできないことじゃない。そうじゃないか」

——そうだろうか？

志穂は自問した。

檜垣恵子、深山律子……ふたりの被害者は似ていた。髪がロングで、体つきはほっそりしていて、ピアスをしている。

このふたりの被害者から犯人の女の好みは歴然としていた。少なくとも、女なら誰でもいい、というタイプではない。

世の中にはいろんな男がいる。女子トイレにひそむのを好む男もいるだろう。だが、ひそんでいるトイレに、たまたま好みの女の子が入ってくる、などという偶然が二回も重なるだろうか？

そのことが疑問だった。

しかし——

幹部たちは興奮していて、とてもそんな疑問を呈示できるような雰囲気ではない。ただでさえ志穂たちはここでは部外者なのだ。よけいなことをいって、この場の雰囲気に水をさそうものなら、それこそつるしあげられかねない。

志穂は自重せざるをえなかった。

テーブルの端に、那矢検事とならんで、初老の男がすわっている。これまで一言も口をきこうとしなかったこの人物が、

「どうかね？　遠藤くん——」

とそう声をかけてきた。

「なにか意見があるんじゃないか」

はあ、と遠藤はうなずいて、ちょっと首を傾げるようにし、

「いえ、いまのところ特別被害者部としてはこれといった意見はありません」

「この古田という人物についてはどう思うかね?」

「なにぶんにも、これだけではデータが不足しているので、はっきりしたことは申しあげられませんが……」

遠藤は慎重に言葉を選んでいた。

「中高年の男性が単身赴任を強いられ、拘禁ノイローゼに似た不安定な精神状態におちいるのはよくあることです。自分が閉じ込められたように感じて、何かをすることでそのはけ口を求めようとする。それが性的な暴発行為につながることだってないとはいえないでしょう」

「つまり、この男が犯人である可能性はあるわけだ」

「はい、ないとはいえません」

「ほんとうに特別被害者部として何か意見はないのかね」

「いまのところはありません」

遠藤は首を振った。

「………」

志穂には遠藤の態度が不満だった。

電車のなかで、犯人はなんらかの行為で被害者と接触した。被害者はそれを避けて品川駅で電車から降りる。犯人もあとを追って電車から降り、そして女子トイレで犯行におよんだ……

志穂はその推理を遠藤に話している。

遠藤はそれについて何も意見を述べようとはしなかったが、少なくとも反対はしなかったはずだ。

どうしてその推理をこの席で披露してはくれないのか？

袴田の顔を見た。

袴田はわずかに顔をしかめ、黙っていろ、というように首を振った。

袴田は必ずしも志穂の推理に全面的に賛成はしていない。

女が電車のなかで痴漢にあえば、どんなにその電車が混んでいても、その痴漢が誰なのか見当がつくのではないか――それが袴田の反対理由だ。

女が電車を降り、痴漢もそのあとを追って電車を降りたのだとしたら、女がそのことに気がつかないはずがない。そのことに気がついて、しかも襲われる危険のあるトイレに入るというのは、行為としてあまりに不自然すぎるのではないか……

志穂はソッとため息をついた。

おそらく遠藤も志穂の推理について袴田とおなじ疑問を持ったのだろう。幹部会議の席で披露するほどの価値はないとそう判断したのにちがいない。

「鑑識はふたつの現場からおびただしい遺留指紋を採取している。もしかしたら、そのなかから古田の指紋と合致するものが見つかるかもしれない。しかし、よしんば指紋が合致したとしても、古田に女子トイレにひそむ性癖があったのだとしたら、それは殺人の直接の証拠にはなりえない。それはただたんに古田は女子トイレに入ったことがあるということを証明しているにすぎない――」

初老の人物は淡々とした声でいった。

「同じことは血液型にもいえる。古田の血液型が分泌型のB型であったとしても、それをもってして古田を犯人と決めつけることはできない。日本人に分泌型のB型はめずらしくないからだ。要するに、指紋にしろ血液型にしろ、とても法廷を維持できるだけの証拠にはなりえないということだ」

「アリバイから攻めてはどうでしょう?」

とこれは那矢検事がいった。神経質にいらだった声だった。

「アリバイはないだろう。だから何だというんだね? 古田は単身赴任でひとり暮らしだというんだろう。しかも犯行日は仕事が休みだときている。アリバイがないのが当然じゃないか。つまり、わたしはこの事件を解決する方法はひとつしかないと思う」

「いけません、検事総長、わたしはそんなことには絶対に反対です――」

那矢検事が悲鳴のようにそういうのを、きっぱりとさえぎって、

「わかりました。特別被害者部は喜んで囮捜査を引き受けます」

遠藤は力強い声でそういった。

別件逮捕

1

鮭弁当、インスタント味噌汁、ミニサラダ、カップヌードル、ウーロン茶、乾電池、歯磨きのチューブ、カミソリの替え刃、それに週刊誌が二冊……

これが古田隆義がコンビニエンス・ストアで買ったものだ。

部屋に帰り、コンビニの弁当を食べ、インスタント味噌汁をすすり、缶入りのウーロン茶で喉をうるおす。想像しただけでわびしくなるような買い物だった。

古田のマンションは鮫洲駅から徒歩二十分ぐらいのところにある。

その途中にあるコンビニだ。

Ｓデパートは七時半に閉店になる。それから売り場の後かたづけをし、売上げの精算を済ませるともう八時を過ぎてしまう。

山手線で渋谷から品川に出て、京浜急行に乗り換える。

鮫洲は品川から四つめの駅だが、それでも歩く時間を入れると、帰宅は九時になってしまう。これが毎日のことなのだ。コンビニででも食料を調達しないと、夕食を食いはぐれてしまうだろう。

しかし……

古田がなまじ大柄で恰幅《かっぷく》がいいだけに、コンビニで夕食を買い込んでいるその姿はわびしいとしかいいようがない。

——かわいそうになっちゃうな。

志穂はフッとそんなことを思い、

——いや、もしかしたら、このかわいそうな男がふたりの女を殺したかもしれないのだ。

そう思いなおして自分の気持ちを引きしめた。

これで三日間というもの、出勤と帰宅の時間、古田を尾行している。

もっとも尾行するといっても、古田は出勤のときはもちろん、帰宅時にも一度も寄り道などしたことがない。

古田は若くない。

食料品売り場での立ちっぱなしの仕事は疲れるだろうし、単身赴任で、一緒に酒を飲むような知人もいないのだろう。

判で押したように単調で孤独な毎日だった。三日間、尾行して、収穫は皆無だ。

もっとも、べつだんそれで志穂が気落ちするというようなことはない。

いまの志穂は捜査官として古田を尾行しているわけではない。囮になるのは火曜日になってからのことだ。

これはいわば予行演習のようなものだ。

実際に、囮の任務につくまえに、古田がどんな男であるか、どんなタイプの女にひかれるのか、それを自分の目で確かめたかったにすぎない。

だが——

マンションと職場をただ往復しているだけの古田からは、ひとりの人間としてのどんな感触も感じとることができない。古田がどんな人間なのか、それを知るとっかかりがないのだ。

かろうじて感じとれるのは、五十男のひとり暮らしのわびしさだけだった。

雑誌コーナーで週刊誌を立ち読みしているふりをしながら、目の隅で古田の動きを追っていた。

が、そんな必要はないのだ。どうせ今夜もきのうまでの繰り返しだろう。

おそらく古田はこれからまっすぐマンションに帰る。四階の古田の部屋に明かりがともるのを確かめて、志穂も帰ることになる……

そう思い込んでいたのだが、今夜はすこし違った。

「おまえたち、そんなところに立ってたんじゃじゃまだろうが」

ふいに古田のそう怒鳴る声が聞こえてきたのだ。

「…………」

志穂は振り返る。

レジのまえに何人か女子高生がたむろしていた。制服を着ている者もいれば私服を着ている者もいる。いまどきの女子高生で、みんな髪を染めているが、不良というほどではない。

「人の迷惑というものを考えないのか。そんなところに立ってたんじゃ、ほかの人のじゃまになるじゃないか」

女子高生たちはレジのまえにたむろしていて、たしかに支払いのじゃまになる。が、どいて欲しい、と穏やかにいえばいいだけのことで、なにも怒鳴ることはない。

女子高生たちはいきなり怒鳴りつけられてあっけにとられていた。

「大体、おまえたち、こんな遅い時間にこんなところで何してるんだ。女子高生が夜遊びなんかしていいと思っているのか。両親が心配するだろうが──」

古田は本気で怒っていた。顔を真っ赤にしてわめきつづける。

「何だよ、関係ないだろ」

「変なジジイ」

「バーカ」

女子高生たちは捨て台詞《ぜりふ》を残し、ぞろぞろとコンビニを出ていった。

レジのまえに立ちはだかり、古田はそんな女子高生たちの後ろ姿を睨みつけていた。怒りがおさまらないらしく、全身をぶるぶると震わせていた。

「…………」

四階の部屋の明かりがともった。

志穂はそれを見あげた。

マンションの造りからいえば、おそらく1DKだろう。

その狭い部屋で、古田はひとりわびしく、弁当を食べているのか。

その姿が想像できるようだった。

背後から声がかかった。

「古田は帰ったらしいな」

袴田だった。

寒そうに肩をすぼめて、タバコをくゆらしながら、植え込みのかげから出てきた。

「ああ、袴田さん……」

「どうしたんだ？　なんだかぼんやりしてるように見えるぜ」

「そんなこともないんだけど――」

言葉を濁し、

「古田にはふたり子供がいるんですよね」

「ああ、ふたりだ。大学生の男の子に、高校生の女の子。それがどうかしたのか」

「高校生の女の子か」

首をかしげて、

「ねえ、袴田さん、博多の警察に電話して、古田の子供に非行歴がないかどうか確かめることはできるかしら？」

「それはできるだろうが。どうしたんだ、何を考えてるんだ？」

「古田が品川で女子高生のあとをつけ回したって話ね。もしかしたら、わたしたちのとんでもない勘違いじゃないかしら」

「勘違い？　どういう意味だ」

「いまコンビニでね。古田が女子高生たちを怒鳴りつけたのよ。こんな遅くにこんなところで何してんだって。両親が心配するだろうって」

袴田はジッと志穂を見つめ、なるほど、そういうことか、とうなずいて、

「そういえば、品川でつけ回されていたという女子高生たちも、あまりまともな女の子たちじゃなかったらしいな。井原は、あまり真面目じゃない、などと妙に持って回った言い方をしてたが」

「コンビニで怒鳴られていた女の子たちもそんな感じだったわ。不良というほどじゃないけど、まともという感じもしない」

「博多に残してきた娘のことを気にかけているわけか。娘のことが心配で、娘とおなじ女子高生が不良っぽい真似をしてると、つい注意せずにはいられない」

「娘に非行歴があるんじゃないかと思うんだ。お父さんなのよ。それで娘のことが心

配で仕方がない」

「大体、あの古田の顔がいけない。禿げて、精力が余っていそうで、いかにも好きそうに見えやがる。そんな中年男が女子高生に声をかければ誰でも下心があると思い込んでしまう」

袴田はクックッと笑ったが、ふいにその顔を引きしめると、

「だけど古田が駅の女子トイレにひそんでいたという話はどうなるんだ？　まさか女子トイレで待ちうけて、入ってくる女子高生たちに真面目になれと注意してたわけでもないだろう」

「古田が女子トイレにひそんでいたというのは本当のことなのかしら」

「本当のこと？　どういうことだ」

「これから黒木に会ってみたいんだけど、袴田さん、つきあってくれない？」

2

品川駅の東口を出て南に天王洲橋のほうに向かう。

すると一方を高浜運河に接して、小さな公園がある。

このあたりは、中央卸売市場食肉市場の広大な敷地に隣していて、夜にはほとんど無人になってしまう。

街灯はあるが、公園は暗い。

その公園の一角に、板切れだのダンボールだのをつなぎあわせた風避けがある。

この公園はホームレスたちの溜まり場になっている。

黒木もここで寝起きしているという。

袴田は腰をかがめて、その風避けに声をかけた。

「いるかい？　黒木さん」

ガサガサと音がして、風避けのなかから人影が這いだしてきた。

「…………」

志穂は袴田の背中に体を隠すようにしている。身がすくんでいた。

黒木に襲われたときの恐怖はいまも体のなかにまざまざと残されている。酒を飲んでいないときの黒木はおとなしいと聞かされていてもやはり平静ではいられない。

しかし――

「黒木はいないよ」

風避けから出てきてそう答えたのは黒木ではなかった。

「品川駅通り魔殺人事件」を担当している所轄署の刑事だった。

名前は知らないが、顔を覚えている。

いつも爪楊枝《つまようじ》をくわえて、シーシーと歯を鳴らしている男だ。いまも爪楊枝をくわえていた。

その後ろから、もうひとりサングラスをかけた男が出てきたが、これもやはり所轄の刑事だった。

「やあ、特別被害者部の袴田さんか――」

爪楊枝の刑事は特別被害者部という言葉に独特なニュアンスをこめていった。

「どうしたんです？　こんな時間にクロに何か用ですか」

「いや、べつにどうということはないんだけどね。ちょっと黒木に聞きたいことがあったもんだから」

「特別被害者部は囮捜査が専門じゃなかったんですか。おれらじゃ頼りなくて捜査はまかせられないのかな」

爪楊枝の刑事はそういい、なあ、とサングラスの刑事に同意を求めた。サングラスはただ黙っている。

「おれたちも大変だよ。本庁の連中には顎で使われるし、特別被害者部の袴田さんには横やりを入れられるしなあ」

「横やりだなんてとんでもない。そんなつもりはない。ちょっと黒木に話を聞きたいとそう思っただけなんだ。そんなにいたぶらんでくれよ。あんたたちのじゃまをする気はないんだ」

袴田はあくまでも下手《したて》に出ている。ほとんど卑屈なほどだ。

もっとも警察は純然たる階級社会で、袴田は歳はとっていても、このふたりの刑事と同じ巡査部長だから、ここは威張るわけにはいかない。

本人は怠け者だからといっているが、怠け者だからなのか、それとも無能なのか、これまで昇進試験を受けようとしなかった。各署の防犯課をたらい回しにされ、ようやく本庁勤務になったと思ったら、特別被害者部に出向になってしまった。

捜査本部の末席に加えられているといっても、特別被害者部はまま子のようなもので、捜査員の誰からも相手にされていないのだ。

「悪いけどな、クロに話を聞くことはできないぜ——」

現に、いま袴田を見る爪楊枝の目には、はっきりと軽蔑の色が浮かんでいた。

「クロは所轄に泊まってもらっている」

「泊まっている？　そんな話は聞いてないが。勾留しているのかね」

「ああ、そんなところだ」

「どうしてってまた？」

「那矢検事が勾留請求が通ったからに決まってるだろう」

「那矢検事が勾留請求をしたんですか。そんなのおかしいわ」

志穂はあっけにとられて、つい口を挟んでしまった。

「那矢さんはわたしのおかげで、黒木を起訴も勾留もできないって、さんざん特別被害者部を非難したんですよ」

「あのときとは容疑が違うよ」

「どんな容疑なんですか？」

「ゆ、ゆすり」

「………」

「知ってるだろ？　クロは古田という男をゆすったんだ。駅の女子トイレにひそんでいたというのがネタだから、まあ、たいした金額じゃないだろうけどな」

爪楊枝はサングラスを見て、なあ、と同意を求めた。サングラスは黙ってうなずくと、コートのポケットからビニール袋に入った名刺を取りだして見せた。

「こいつがこのバラックに隠してあった。古田の名刺だ。クロが古田をゆすっていたという物証だ」

「物証もなにもゆすりのことは最初からわかっていたことじゃないですか。微罪だし、おとがめなしということになっているんじゃないですか」

「そんなことは知らないな。検事さんが決めることだ。おれたちはいわれたことをやってるだけでね——」

爪楊枝がせせら笑った。

「黒木には会わせてもらえんのかね」

袴田も微笑しながら遠慮がちに聞いた。

「さあな。本庁の井原にでも聞いてみたらどうなんだ？　クロの取り調べはあいつがやってるんだ」

「井原主任か。あの人は苦手だな。なんとか所轄のほうで便宜をはかってもらえないものかね」

「おかど違いだよ。なんでおれたちがそこまで特別被害者部に肩入れしなけりゃいけないんだ？」

爪楊枝は好色な目で志穂を見て、

「それともこちらのお嬢さんとデートさせてくれるとでもいうのか」

それまで黙っていたサングラスが、よしたほうがいい、とボソリといった。

「その女は囮捜査官だ。下手なことをするとぶち込まれるぜ」

「そいつは怖いや」

爪楊枝は笑い、サングラスに向かって顎をしゃくった。

サングラスはうなずいて、ふたりは肩をならべ公園を立ち去っていった。

暗い公園のなかに爪楊枝の笑い声がいつまでも聞こえていた。

どこまでも特別被害者部は異端者あつかいされている。

志穂はともかく、まがりなりにも先輩である袴田にさえ、ふたりの刑事たちは挨拶さえしようとしなかったのだ。

「いやな奴ら」

志穂が怒りを吐きだした。

「…………」

しかし袴田はそれには返事をしようとしなかった。

顎を撫でるようにし、しきりに何か考え込んでいるようだ。

「どうかしたんですか」

いや、と袴田は首を振って、

「どうも那矢検事はとことん特別被害者部を目のかたきにしてるみたいだな」

「え？」

「那矢検事はおれたちに仕事をさせないつもりらしい」

「どういうことなんですか」

「どうして那矢検事がいきなり黒木を勾留することに方針を変えたと思う？」

「…………」

「那矢検事は火曜日まで待つつもりはないということさ。囮捜査で古田を逮捕することになるのだけは避けたいと考えている。だから黒木を勾留して、ゆすりの被害者として、古田を任意出頭させようとしているんだ――」

　袴田はタバコをくわえ、火をつけた。その火明かりのなかに浮かんだ顔が、いつものこの男からは想像もつかない、凄まじい怒りの色を滲ませていた。

「任意出頭させ、女子トイレにひそんでいたのを問題にし、わいせつ罪かなんかで古田を勾留するのを考えている。那矢検事はよほど特別被害者部が嫌いなんだろう。囮捜査を見過ごすよりは、別件逮捕に踏み切ったほうがいいとそう考えているんだ」

3

土曜日の夜、あれからすぐに袴田は遠藤慎一郎の自宅に電話を入れた。所轄署に黒木が勾留されているという話を聞いて、遠藤も袴田と同じ結論に達したようだ。

つまり、

――那矢検事は囮捜査を嫌って、黒木の恐喝を足がかりにし、古田の別件逮捕に踏み切ろうとしている……

古田と「品川駅通り魔殺人事件」とを結びつける物的証拠は何もない。よしんば古田を別件逮捕し、自白に追い込んだとしても、その任意性が疑われることになるだろう。

那矢検事が囮捜査を嫌っているのはわかるが、それを妨害するために、あらかじめ被疑者を別件逮捕するというのは暴挙というほかはない。

自白の任意性に問題がある以上、起訴に持ち込めるかどうか疑問だし、起訴すればしたで今度は冤罪《えんざい》を生む可能性がある。

そんなことはさせない。そんなことをさせないために囮捜査の存在があるのだ。

袴田から話を聞いて、さすがに遠藤の対応は迅速だった。

こんなときには遠藤一族の法曹界の人脈が大きくものをいう。

翌日にはもう、検事総長から連絡がいったらしく、那矢検事も古田の別件逮捕は断念せざるをえなかったようだ。

「本部事件係」検事の権限で、秘密裏にことを運ぼうとしていた那矢検事は、さぞかし歯ぎしりして悔しがったことだろう。

そして、この日、月曜日……

志穂は袴田と連れだって、黒木を取り調べるために、所轄署におもむいた。

タクシーのなかでふたりは話をした。

「わからねえな。なんでいまさら黒木の話を聞く必要があるんだよ」

「古田の娘は非行歴があったんでしょう」

「ああ、たいした非行じゃないけどな。窃盗、といっても万引きだが、それにシンナーをやったぐらいらしい。どちらも不処分になってるよ」

「単身赴任になった古田が娘のことを心配するのは当たりまえだわ。娘のことが心配で心配で、それで同年齢の女の子が非行まがいのことをしていると、ついよけいな口出しをしてしまうのよ」

「たしかに、あんたがいうように、古田が品川駅で女子高生をつけ回したというのは、非行を注意するためだったかもしれない。警察官に不審尋問されたのはさぞかし心外だったろうよ」

袴田は心細そうな顔をして自分の頭髪を撫でつけた。袴田もつむじのあたりがだいぶ薄くなっている。

「あいつもすこしは自分の頭のことを考えればいいんだ。禿げはいやらしいヒヒ爺いに見られるんだ。あいつは大柄だし、肌の色なんかもつやつやしてやがるしよ。街で女子高生なんかに声をかければ下心があると思われるに決まってるじゃねえか」

「あら、禿げはセクシーよ」

「そうかい」

「嬉しそうな顔をしないで。セクシーな人が禿げればセクシーだけど、袴田さんが禿げたらただ貧相なだけだわ」

「いってくれるじゃねえか」

袴田は浮かない顔をして、

「女子高生のことはそれでいいとしてよ、古田が女子トイレにひそんでいたという話はどうなるんだ?」

「あの古田という人は仕事一途な偏屈な人だと思うわ。自分のすることはいつも正しいとそう信じ込んでいる。真面目だけど融通がきかない。子供には窮屈でたまらない父親ね。娘が非行に走ったのもそのせいかもしれない。だけど、そんな人間が女子トイレにひそんで何かをやろうなどとそんなことを考えるかしら? 不自然すぎるわ」

「おれがまえに扱った事件《やま》でな。いい歳をした田舎の教頭が酒に酔っぱらって、ズボンを膝までずり下げて若い女を追っかけたという事件があったっけ。それが何と飛んでいる飛行機のなかでスチュワーデスを追っかけまわしたんだぜ。地元じゃ謹厳実直で知られた爺さんだったたんだけどな」

「人は見かけによらないというの?」

「男は女のためならどんな馬鹿なこともするということさ。あんたも若くて、まああ、きれいな女なんだから、それぐらいのことは知ってるんじゃないか」

「まあ、あはよけいだわ」

「何をいいやがる。おれのことを貧相だといいやがったくせに――」

袴田は頬を掻《か》きながら、

「それにな。なんで黒木にそんな嘘をつかなきゃならねえわけがあるんだよ。第一、黒木のねぐらから古田の名刺が見つかっているんだぜ。あれをどう説明するんだ？」

「わからないわ。わからないから黒木に話を聞くんじゃないの」

志穂はぼんやりと遠い視線になった。

しかし、黒木の話を聞くことは、ついにできなかった。話を聞こうにも黒木は所轄署から消えてしまっていたのだ。


黒木は所轄の留置場から消えていた。

看守（巡査）に聞いても要領を得ない。

今朝、この巡査が看守任務についたときにはもう黒木の姿はなかったという。

もともと身柄を拘束しなければならないほどの罪を犯したわけではないし、ましてや勾留期限を延長するなどとんでもない。

釈放されるのが当然なのだが、妙なのは所轄署の誰ひとりとして、黒木がいつ釈放されたのか、それを知らないことだった。

ふたりは「特別捜査本部」が設けられている二階の会議室に戻った。

捜査員たちの志穂たちを迎える態度は冷淡そのものだった。

「いつ釈放されたかわからないというのはどういうことなんですか？」

袴田がそう尋ねるのにも、

「知らねえものは知らねえんだよ。もともとそっちの部長さんが手をまわして黒木を釈放させたんだろうよ。おれたちの知ったことかよ」

そう木で鼻をくくったような返事が返ってきただけだ。

あの爪楊枝だ。

爪楊枝の後ろには相棒のサングラスが立っている。

自分たちがよけいなことをしゃべったばかりに、別件逮捕をつぶされてしまった、という責任を感じているのだろう。

このふたりは最初から喧嘩腰だった。

「それはそうかもしれないが、こっちが何か知っているんだったら、こんなふうに所轄にやってはきませんよ。わたしたちは黒木がこちらに勾留されているものとばかり思っていたんです」

「きのうまでは確かに留置場に放り込まれていたんだよ。いつのまにかいなくなっていたんだ。どうせ釈放されるんだから、どうでもいいようなものだけどよ。そっちで何かやったんじゃないのか」

「そんなはずはない。知りませんよ」

「それじゃ何か。おれたちが黒木をどこかに隠したとでもいうのか」

　爪楊枝の目が陰険に光った。

「いや、そんなことはいってない。そんなことをいうつもりはありませんよ。考えてもいないことだ」

「そうかい。まあ、いいや」

　爪楊枝は語気をやわらげると、いきなり右手をさしだし、袴田に握手を求めてきた。

「おれたちは同じ捜査本部の仲間だ。こんなことでいがみあうのはやめようや」

「…………」

　袴田はとまどいながらその手を握った。

　爪楊枝は右手に力をこめたようだ。

　上下に乱暴に振った。

　ウッ、と袴田がうめいた。

　右手を引こうとしたが、爪楊枝はその手をつかんで離そうとしない。

　手から血がしたたった。

「袴田さん」

　志穂は愕然とした。

ようやく爪楊枝は袴田の手を離した。

袴田はうめきながら右手を開いた。掌に一本の爪楊枝が深々と刺さっていた。

「こいつは悪いことをしたなあ。ついうっかりしたんだ――」

爪楊枝がわざとらしくいった。笑いを噛み殺そうとさえしていない。

「だから、いつも気をつけろとそういってるじゃないか」

サングラスもにやにやと笑っていた。

「あなたたちそれでも刑事なの。なんてことするのよ」

志穂は逆上した。あまりの怒りに顔から血が引いていくのがわかった。

「ひどい！　どうしたらこんなひどいことができるの」

「だからうっかりしたとそういってるじゃないか。おれは謝ってるんだぜ」

「よくもそんな――」

爪楊枝につかみかかろうとした。袴田が体を割り込ませるようにし、そんな志穂をさえぎった。そして、いいから帰ろう、とそう低い声でいった。

「なんでそんなに意気地がないのよ。こんなことされて、袴田さん、それでも我慢できるの！」

「我慢するさ。だけど遠慮はしない」

袴田の声はあいかわらずボソボソと低かった。

「これでおれも囮捜査をするのに気兼ねがなくなったよ。火曜日には遠慮せずに思う存分やろうぜ」

「…………」

ふたりの刑事の顔から笑いが消えた。ジッと袴田の顔を見つめていた。

会議室にはほかの署から応援に来ている刑事たちもいたが、その連中もしんと黙り込んでいた。

「さあ、行こう」

袴田は志穂をうながして、先にたって歩き始めた。そして、これは自問するようにボソボソとつぶやいた。

「それにしても黒木の野郎はどこに消えちまったんだろう?」

同僚たち

1

火曜日、朝、八時三十分――

鮫洲の古田のマンションのまえに一台のワゴン車がとまっている。

特別被害者部のワゴン車だ。

乗っているのは四人……志穂、袴田、やはり囮捜査官の早瀬水樹、それに水樹の相棒の広瀬《ひろせ》良《りょう》巡査だ。

水樹はまだ若い。

二十一歳だ。

志穂がやや憂いを含んだ美貌なら、水樹のほうは開けっぴろげな美貌だった。明るくコケティッシュだ。ほんとうはずいぶん知性的で、思慮深い娘なのだが、その外見から遊び好きの尻軽娘と見られがちだ。

そのために少女のころから男たちにつけ回された。あわや強姦されそうになったことが何度もあるというのだから、志穂に劣らず波瀾にとんだ人生を送ってきたわけだ。

特別被害者部に応募したとき、水樹はとある小劇団の女優だった。

水樹自身には何の責任もないことだが、劇団の男たちが水樹をめぐってさや当てを繰り返し、すっかり嫌気がさしてしまった。それも恋愛ならともかく、水樹の外見から、誰とでもすぐに寝る女だと勘違いされ、強引にせまってくるのだからやりきれない。

それで、

——囮捜査官なら演技の勉強もできるかと思って。

特別被害者部に応募した。

広瀬良は二十四歳。

本庁の捜査一課に二年在籍して、特別被害者部に出向になった。

捜査一課の仕事は忙しく、ろくに昇進試験の準備をすることもできない。それで自分から特別被害者部に志願した。特別被害者部に入れば、勉強の時間ができると思ったらしいが、これは当て外れだった。

テニスとカラオケが趣味の真面目な好青年だが、水樹の相棒になって、一目で彼女を好きになってしまった。水樹の気持ちも確かめずに、そのときつきあっていた女の子と別れてしまったというのだから、純情というべきか軽率というべきか。

はたから見ても、広瀬が水樹に夢中なのはわかるのだが、利口な水樹はそれに気がつかないふりをしている。

水樹はできるだけ、ふたりの関係に男女の生臭さをまじえないように努めていて、明るく明るく接するようにしている。

いまのところ、ふたりのあいだには何の進展もない。

部長の遠藤慎一郎をべつにすると、特別被害者部の部員はほかにもうひとり、三十二歳の柳瀬君江《やなせきみえ》がいるだけだ。

柳瀬君江は、婦人警官から選抜された数少ない女性刑事で、深川署の刑事課に配属され、スリ係、少年係、留置管理などの仕事をしてきた。

特別被害者部に出向してからは、部室に残って司令塔のような役割をつとめることが多い。

陽気で、事務能力にたけて、たくましく、五歳年下のご亭主を（口の悪い袴田にいわせれば）それこそ舐めるようにしてかわいがっているという。

いつも笑ってばかりいる君江だが、今朝、仲間たちが出動するときには、椅子から落ちんばかりに笑いころげたものだ。

それも無理はない。

「ねえ、いくら何でもこれはないんじゃない。これじゃ売れないAV女優だよ。さすがにわたしも恥ずかしいよ」

本人の水樹も笑いだすほどなのだから。

水樹はセーラー服を着ている。

どうやら古田が女子高生が好みらしいというので、急遽、水樹が駆りだされたのだった。

志穂も若いが、キュートというより、もうすこし成熟した若さで、さすがにセーラー服を着るのは不自然だ。

水樹はいまだにハイティーンに見られることがある。ベビーフェイスで小柄だ。まだしも志穂よりはセーラー服が似合うのではないかと判断されたのだが……

「わたし、やだよ。こんな格好で駅なんか歩けないよ。勘弁してよォ」

水樹は口をとがらせて抗議する。

売れないAV女優といわれれば、そのとおりで、どんなに水樹が若く見えても、やはり二十一歳の年齢でセーラー服を着るのには無理がある。

が、ここで水樹にやめられたら、志穂がセーラー服を着せられるはめになる。

そんなことになってはたまらないから、懸命に笑いをこらえながら、

「大丈夫だって。かわいいよ。うん、かわいい。どこから見ても女子高生だって」

「こんな女子高生いないよ。いくら何でも歳とりすぎてるよ」

「そんなことないって。ほら、成熟した女子高生って感じ？　いるじゃない。大人びた女子高生。おかしくないって。絶対いけるって」

「何がいけるのよ。こんなの、いけるわけないじゃん」

水樹はぷっと頬を膨らませた。

そのとき、それまで眠そうに黙っていた袴田が、

「おい、出てきたぞ」

そう低い声でいった。

「………」

一瞬のうちに緊迫感がみなぎる。

三人は一斉に座席に体を低くした。

そして首だけ伸ばし、車の窓からマンションの様子をうかがった。

マンションの玄関から古田が出てきた。

今日は火曜日でデパートは休みだ。

それなのに古田は、背広を着てちゃんとネクタイをしめ、コートをはおっていた。

遠目にもなにか緊張しているようなのが見てとれた。神経質なせかせかとした足どりで駅のほうに向かった。

「あいつ、やっぱり真犯人《ホンボシ》なんじゃないですかね」

広瀬が低い声でささやいた。

「水樹ちゃん」

志穂は水樹をうながした。

「うん」

水樹は囮捜査官の訓練を受けている。さすがにこの期《ご》におよんで、セーラー服に気おくれするようなことはなかった。

ワゴン車の扉を開けて、すばやく外に出ようとした。

2

いきなり現れた。

そこかしこから数人の男たちが現れ、ワゴン車をとりかこんだのだ。

見覚えのある男たちだった。

「品川駅通り魔殺人事件」のような大事件になると、本庁の捜査一課からばかりではなく、周辺所轄からも応援を求める。

そのいわば助っ人の刑事たちだ。

「な、何だ、どうしたんだ？」

広瀬があっけにとられて目を瞬かせた。

運転席の横に立った男が、ウインドウを下げろ、と指で合図をする。

「どうします？」

広瀬は袴田の指示をあおいだ。

「…………」

袴田は無言のまま、ちらり、と志穂に視線を投げた。

志穂には袴田がなにを考えているのか手にとるようにわかった。

座席に深く沈めている体を、さらに低くして、床におりて膝をついた。

水樹がヒダのついたスカートを拡げるようにし、そんな志穂の姿を男たちの視線からさえぎった。

ワゴン車の窓はスモーク処理され、外からなかの様子は見えにくい。水樹が自分の体で隠していることもあって、外の刑事たちから志穂の姿は見えないはずだ。

「どうしたんだ。早くしろ！」

刑事が運転席の窓を拳でたたいた。

袴田が顎をしゃくって、開けてやれ、と広瀬に合図した。

広瀬はうなずいて、パワーウインドウのスイッチを押した。

窓が開いたとたんに、刑事がコンソールに手を伸ばし、無線の電源を切った。

これで所轄系無線《SW》、方面系無線、刑事無線、すべての無線が切られてしまったことになる。

「何をするんですか」

さすがに広瀬が抗議した。

「せっかくここまで被疑者《マルヒ》をしぼったんだ。ここにきて、囮捜査官なんかに出しゃばられたんじゃ、みんなぶち壊しになっちまう。あいつはおれたちの手で検挙する。あんたたち素人にじゃまされたくないんだよ――」

刑事がせせら笑った。

どこまでも捜査本部の同僚たちは囮捜査官を認めようとはしない。

捜査を指揮する那矢検事が、囮捜査を嫌っていることもあるが、それだけでここまで徹底して妨害はしない。

刑事たちの狭量な縄張り意識が、新参者が捜査に介入するのを、本能的に排除させるのだ。

袴田はうだつのあがらない万年巡査部長、広瀬は若い巡査、そして囮捜査官たちは女なのだ。

刑事たちは特別被害者部の部員たちを舐めきっていた。

それだけに、

「素人とはなんていいぐさだ。きさまらこんなことしてただで済むと思ってるのか。わかってるのか。きさまらは捜査の妨害をしているんだぞ！」

いきなり袴田がそうわめき始めたのには驚いたようだ。こんな痩せて貧相な体のどこから出てくるのかと思わせるような、とてつもない大声だった。

「きさまらみんな懲戒処分にしてやる。このままでは済まさんからそう思え」

　ひとりの刑事がなだめるように、

「ここは住宅街なんだ。そんな大声を出すなよ」

「なにが大声だ。こいつは地声だ」

「袴田さん、穏やかにいこうぜ。なにもそんなにケンカ腰になることはない」

「なんだと、どっちがケンカを売ってるというんだ！」

「わかった、わかった。袴田さん、そんなにカッカすることはない。ここはひとつ穏やかに話しあいといこうぜ。おれたちにはおれたちの立場というものがあるんだよ」

「立場なんかない！　そんなものはどこにもない！」

「………」

　さすがに刑事たちは袴田の大声には閉口したようだ。

　自然にワゴン車の一方に集まって、全員で袴田をなだめるような形になった。

　もちろん、それが最初から袴田の狙いなのだ。袴田は老練で食えない刑事だ。一時の感情にわれを忘れ、喉をからして、わめきたてるようなことはしない。

　反対側の扉は、水樹が出ようとしたときのまま開けっぱなしになっている。

　袴田が大声でわめきたてて、刑事たちの注意を集めているあいだに、志穂はワゴン車を這い出ている。

そのまま植え込みのかげまで這っていき、そこで立ちあがった。

そして古田のあとを追い、駅に向かって走っていった。

刑事たちは袴田をなだめるのに大わらわで、誰ひとりとして志穂の姿に気がついた者はいなかった。

3

駅まで行く必要はなかった。

古田は途中の路上にいた。

若い女の子と立ち話をしていた。

ジーンズに、ブーツを履いて、派手な色のハーフコートを着ているが、おそらく女子高生だろう。

その手に大きなショッピング・バッグを提げていた。

古田と女の子とはなにかいい争いをしているようだ。

女の子は感情的になっていた。なにか大声で叫んでいた。

ちょうど通勤の時間で、大勢の人たちが駅に向かって歩いていく。

そんな人たちが一様に好奇の目を向けるのだが、女の子はもちろん、古田もそんなことは気にもとめていないようだ。

ふいに女の子が走りだそうとした。

その手を古田がつかんで自分のもとに引き戻そうとした。

女の子はあらがって逃げようとする。

路上で揉み合いになった。

そのときふいに物陰から数人の男たちが飛びだしてきた。

「やめろ、古田――」

そう叫んだのは井原主任だ。男たちは一斉に古田に殺到していった。

ひとりが後ろからはがい締めにし、古田を女の子から引きはがした。ひとりは肩を押さえ込んで、もうひとりはその膝に抱きついていった。屈強な刑事たちが数人がかりで押さえ込んだのだ。あっというまに古田は動きを封じられてしまった。

通勤途中の人たちが足をとめ、このときならぬ捕り物劇を遠巻きに見ていた。

そんなヤジ馬たちをかきわけて、ようやく志穂はその場に近づくことができた。

「…………」

もっとも志穂は古田や刑事たちを見てはいない。

見ているのは、呆然と立ちつくしている女の子のほうだった。

井原がそんな志穂の姿に気がついた。上機嫌に声をかけてきた。

「やあ、囮捜査官どのか。ずいぶん来るのが遅いじゃないか。悪いが、あんたの力を借りるまでもなかったようだ。囮なんかもともと必要なかったんだ。ごらんのとおり、被疑者はおれたちのほうで緊急逮捕した」

「緊急逮捕？　どんな容疑で？」

志穂の声は落ちついていた。

「見りゃわかるだろう。現行犯だ――」

「だから何の現行犯で？」

「なにをいってるんだ。路上で女子高生にわいせつな行為におよぼうとした。その現行犯に決まってるじゃないか」

井原の声がややいらだった。

「もちろん所轄に来てもらってから、そのほかに色々と聞かなければならないことがあるんだけどな」

「よしたほうがいいんじゃないかな。そんなことをしたらあとで始末書ものですよ」

「何をいってるんだ？　おまえ」

「父親が娘といい争っていたらそれが犯罪になるんですか」

「娘？」

「その子をよく見ればいいんだわ」

「…………」

井原はけげんそうに女の子を見た。

その目が驚きに見ひらかれた。

女の子の持っているショッピング・バッグには博多のデパートのロゴが入っていたのだ。

「お父さん、なんにもしてないよ――」

女の子は肩を震わせて泣いていた。泣きじゃくりながら訴えていた。

「お願いだからお父さんにひどいことしないで」

井原は仰天して、おい、と叫んだ。

「みんな離れろ、やめろ」

刑事たちはあっけにとられたようだ。みんな急いで古田から離れた。なかにはよほどうろたえたのか、古田のコートの埃を懸命にはたいている者までいた。

古田はのろのろと立ちあがった。

その胸に女の子が飛び込んでいった。

ワアッと大声で泣きだした。

無理もないが、古田は呆然としているようだ。

それでも娘を抱きしめて、その背中を撫でていた。不器用ではあるが、深い慈しみの感じられるしぐさだった。

「知りませんでした。お嬢さん、家出なさってたんですね？」

志穂が声をかけた。

古田は志穂の顔を見た。

いきなり逮捕されそうになったショックで志穂が誰かを考える気力もないらしい。

「もう一月になります——」

ぼんやりとうなずいた。

「妻から、どうやら娘は東京に行ったらしいと聞かされて、わたしは娘からの連絡を待ちました。ところが待てど暮らせど連絡なんかこない」

「…………」

「娘は東京に男友達がいる。おそらく、そこにいるんだろうとは思いましたが、わたしも妻もその男友達の名前さえ知らない。娘にとっては、父親よりも男友達のほうが頼りになるのかと思うと、そのことが情けなくて、わたしはいても立ってもいられなかった」

「それでお嬢さんと同い年ぐらいの女の子たちに街で声をかけたんですね」

「もしかしたら娘と仲間なんじゃないかとそんなバカなことを思いましてね。当てもないのに、休みになると、街に出て、娘を探さずにはいられなかったんです」

「本当によかったですね。お嬢さんが見つかって——」

「今日もどこかに出て娘を探そうと思っていたんです。そしたら娘と会うことができた。やっぱり親子なんですね。娘はわたしのところに来る途中だったんですよ」

最後は涙声になっていた。

ひしと娘の体を抱きしめた。

父親と娘は抱きあって泣いていた。

刑事たちはただばつが悪げにそこにたたずんでいるほかはない。

「おい、だけど女子トイレの件はどうなるんだ？　あれは嘘なのか。どうして黒木はあんな嘘をついたんだ？」

井原が混乱したような声で後ろから囁きかけてきた。

「いや、そんなはずはない。黒木のねぐらで名刺が見つかっている。わけがわからないぜ。あれは一体どういうことなんだ？」

「………」

答えようのないことだ。

黒木に聞けばわかるかもしれないが、そのかんじんの黒木が行方知れずになっているのではどうすることもできない。

が、そんなことはすぐにどうでもよくなってしまった。そんなことを気にかける人間は誰もいなくなってしまった。

「主任、いま所轄から無線《SW》がありました——」

ひとりの刑事が息せき切って駆けつけてくると、緊張した声でこう告げたのだ。

「またやられました。若い女の死体が発見されたそうです。今度は品川じゃなくて大崎駅だそうです！」

大崎駅

1

火曜日、午前八時五十分……

この朝、清原静江《きよはらしずえ》は最悪の気分だった。

土曜日に恋人と喧嘩をした。

それもいつものようなたわいのない喧嘩ではなく、静江がほかの男とつきあっているのがばれて、深刻な別れ話に進展してしまったのだ。

静江としては、ほんの軽い浮気のつもりだったし、そんなに真剣に考えるほどのことはないと思っていた。

それなのに、恋人はそのことをなじり、口汚くののしった。

静江も引っ込みがつかなくなって、つい売り言葉に買い言葉で、その人のことを好きだといってしまった。

恋人はぷいと席を立った。

帰宅して恋人からの電話を待った。電話はなかった。日曜日は外出をひかえ電話を待った。やはり電話はなかった。月曜日は学校をさぼって電話を待った。どんなに待っても電話は来なかった……

静江は公務員の専門学校に通っている。学校はお茶の水にある。

火曜日はどうしても受けなければならない講義があり休むわけにはいかない。

留守のあいだに恋人から電話があるのではないか――後ろ髪を引かれるような思いで自宅をあとにした。

そのじつ、内心では電話なんかないことがわかっていた。すでに終わったことはわかっていたが、それを認めるのが恐ろしかったのだ。

静江の自宅は武蔵小山にあり、お茶の水に行くには、目黒で山手線に乗り換える。

ラッシュアワーの山手線は最悪だ。

混んでいるのはもちろんだが、私鉄にくらべて、痴漢の数が多いような気がする。

この日も痴漢にあった。

どうして、よりによって、恋が終わって悲しみにくれているこんなときに、見知らぬ男に体をまさぐられなければならないのか。

静江はそのことが腹立たしく、また悲しかった。

電車に乗ってすぐだった。

ドアによりかかるようにし、ぼんやり別れた恋人のことを考えていて、その感触に気がついた。

気がついたときにはハーフコートの裾から手が入っていた。スカートの後ろがまくりあげられ、パンティの股《もも》のつけねに指が食い込んでいた。それも二本、どうやら中指と人さし指らしい。二本の指は微妙に動いて、陰毛をはさみ込んで、それをにちゃにちゃと擦りあわせた。陰毛ばかりではなく膣にまで伸びてきた。

「…………」

静江は狼狽《ろうばい》した。

どうしてこんなにされるまで気がつかなかったのか。恋が終わって、呆然としていたとしても、あまりにうかつすぎた。

いつもの静江なら満員電車では絶対にドアに近づくようなことはしない。そんなことをするのはわざわざ痴漢を誘っているようなものだ。

女がドアのまえに立つ。

痴漢はその背後に身をすり寄せる。

そうすれば痴漢は自分の体でまわりの視線を完全に遮断することができる。

しかも女はドアに体を押しつけられ、自分の身を護ることさえできない。

痴漢はやりたい放題だ。

どんないやらしいこともやれる。

痴漢の息が荒くなった。

首筋にわざと息を吹きかけてくる。

二本の指が膣を求めてうごめいていた。

なかに入れられるのだけは嫌だ。

——いや！

静江は体をくねらせて、なんとか指から逃れようとした。

その指に気をとられすぎていた。

いつのまにかコートの前ボタンを一つ、二つ、外されていた。あっ、と気がついたときには、背後から左手をまわされ、その指が胸に滑り込んできた。乳房をぐいとわし掴みにされ、荒々しく揉みしだかれた。

——何すんだよ、てめえ。

静江は反射的に痴漢の手を爪で引っ掻いていた。

指の先に血の感触を覚えた。ふつふつと血が噴きだしてくるのがわかった。

思いもかけないことだった。

指先が血に濡れるのを感じたとたん、体の芯を熱くたぎるものが駆け抜けるのを覚えたのだ。

乳房を揉みしだかれるのは痛いばかりで快感などはみじんも感じていない。

それなのに乳首がしこって硬くなっていた。膣もわずかに濡れていた。

「…………」

静江はドアに映るそいつの顔を見つめた。

そいつはぴたりと体を静江の背中に押しつけて、その顎をほとんど彼女の肩に載せるようにしていた。眼鏡をかけていた。静江がドアに映る自分の顔を見つめているのに気がついていた。にやにやと笑っていた。

懸命に腰を引いたが逃げきれなかった。

ついに指が膣のなかに入ってきた。

一本、つづいて二本、膣のなかで指を動かした。

もう一方の手で乳房を揉みしだいた。

ますます背中に体を密着させてきた。

卑猥《ひわい》な言葉を囁いてきた。

腰を動かしていた。

なにか硬いものが尻の割れめを突いてきた。

――なんてことだろう。わたしは土曜日に恋人と別れたばかりなんだ!

ふいに涙が滲んでくるのを覚えた。

――恋人と別れたばかりなのに、それがこんなに悲しいのに、こんなに悲しくてならないのに、満員電車のなかでこんな痴漢にあっているんだ!

悲哀の念が胸をえぐってつらぬいた。

恋人に去られた悲しみではなく、ましてや痴漢にあっている屈辱感でもない。

それは、もっと根源的な、そう、人間はこんなふうにしてでも生きていかなければならないのか、という、そんな深い悲しみであるようだった。

車内アナウンスが次の駅が近づいていることを告げた。

次の駅は五反田だ。

静江は電車がとまり、ドアが開くのを、ひたすら待った。

2

大崎は山手線でも比較的、人の乗り降りが少ない駅ではないだろうか。

確信があって思うことではない。

これまで一度も大崎という駅には降りたことがない。

第一印象からそう思うだけだ。

まだ九時にもならないというのに、もうラッシュのピークは過ぎているらしい。ホームの人出はめだって減ってきたし、心なしかその足どりものんびりしているようだ。

ベンチにすわり、ハンカチで髪の毛をぬぐった。

そのまま、しばらく、ぼんやりとすわっていた。

そして立ちあがったが、初めて降りる駅で、どこをどう行けばいいのかわからない。

「…………」

ホームにたたずんだ。

ホームからのぞむ大崎の街は、それなりにビルが建てこんではいるが、なんとはなしにさびれた印象が強い。

山手線の線路をへだてて、ミネラルウォーターの大きな看板がたっているが、都心の駅にはめずらしく、その周囲に雑草が生い茂っている。

道路をはさんで、「OHSAKI NEW CITY」という看板が見えているが、そのアルファベットの文字さえわびしい感じだ。

気のせいか、車の数も少ないようだ。

淋しい街だ。悲しい街だ。

おそらく恋人と別れた傷心がこんなことを感じさせるのだろう。痴漢にあった屈辱感が心を鉛のように沈めている。

静江はぼんやりと街を眺めていた。

そして、ふとそれに気がついた。

しばらく見つめていた。

——そうだ、そうしよう。

何度もうなずいた。

講義には行けなくなるが、こんな気分のままで講義に出たって、ろくに集中できないに決まっている。

このままではいくら何でも気持ちが悪すぎる。やりきれないのだ。どうにかして気分を変える必要がある。

気分でも変われば、

――あの人にこちらから電話をかける気になれるかもしれない……

何といっても浮気をしたのはこちらのほうなのだ。素直にそのことを謝ればあの人も許してくれるかもしれない。

そう思ったらずいぶん気が楽になった。

しかし、そのときになって今日が火曜日であることに気がついた。

――やっているだろうか？

電話をかけて確かめてみなければならないだろう。

キヨスクの横に電話があった。

テレホンカードを使えない旧式の型のものだ。

あいにく小銭を切らしていた。

キヨスクで買い物をしてお釣りに小銭を受け取った。

ホームから見えるそれを確かめながら、プッシュのナンバーを押した。

呼び出し音がつづいた。

火曜日で、しかもこんな時間だ。

まだ誰も来ていないのかもしれない。

「…………」

あきらめきれずに待った。

紺の作業衣を着た若い男がキヨスクに週刊誌の束を運んできた。床におろすと、雑誌を束ねている紐をほどいた。そして何冊かまとめて週刊誌をラックに突っ込んでいく。火曜日に発売される週刊誌だった。

受話器を耳に当てながら、静江はそれを見るとはなしに見ていた。

キヨスクのおばさんが出てきて、今日はずいぶん早いんだね、とそう声をかける。たまにはきちんと働かないとね、若者はそう返事をし、ふたりは声をあわせて笑う。

「はい」

そのときようやく相手が電話に出た。

低い男の声だった。

話はすぐに終わった。

火曜は定休日だがそういう事情なら特別にやってくれるという。

礼をいって電話を切った。

おばさんと若者はまだ雑談している。ずいぶん楽しそうだ。

「あのう、すいません」

静江はふたりに声をかけた。

「…………」

ふたりは話をやめて静江を見た。

「大崎玉通りというのはどう行けばいいいんでしょう？　駅のすぐ近くだと聞いたんですけど——」

「ああ、玉通りならすぐ近くだけどね」

おばさんはうなずいたが、すぐに首をかしげて、

「ちょっと入り組んでいるから、初めての人には聞いただけではわかりづらいかもしれないよ」

なんだったら、と若者が気軽にいった。

「おれが案内してやろうか」

「…………」

静江は若者の顔を見た。

気さくで親切そうな若者だ。

いつもだったら若者の親切に一も二もなく乗っているだろう。が、ついさっき電車であんな目にあったばかりだ。どうしても見知らぬ男には警戒心が先にたってしまう。

さすがに年輩の女性で、若い静江が知らない男を警戒しているのに気がついたらしい。

「いいよ、いいよ。こちらのお嬢さん、かえって迷惑だってさ——」

そういってくれた。

「あんた、仕事中なんだろう。そんなことで時間をつぶしちゃ駄目じゃないか」

そうか、と若者は笑いながら、頭を掻いてみせた。

「考えてみりゃ、こんなところでさぼっちゃいられない」

「さっさと行きな」

「おばさんにはかなわねえな」

若者は笑いながら立ち去っていった。

「…………」

静江も苦笑した。

あんなことがあったのだから無理もないが、自分もすこし疑心暗鬼になりすぎているようだ。

もう一度電話をかけた。そして駅の階段に向かった。

――今夜にでもあの人にはこちらから電話をかけよう。

そう考えていた。

きっとすべてはうまくいく。

わたしはまだ若いのだ。あれこれ悩んで、暗いほうに暗いほうに物事を考えるのはよそう。わたしにはまだこれから無限の未来がひらけているのだ……

3

彼女は若い。

そのうえ可愛い。

どんなことも可能だった。

無限の未来が約束されていた。

それがプツンと唐突に断ち切られた。

よりによってこんなところで。

こんなわびしい公園で。

首を絞められ死んだ。

――なんてことだろう。

胸を締めつけられるような悲嘆の念を覚えていた。

これで三人の女が殺された。

捜査員たちはあまりに無能だった。

無能で、怠慢だ。

無益な縄張り争いにうつつを抜かし、見当違いの犯人を追い、ついに三人めの犠牲者を出してしまったのだ。

火曜日に犯行が行われるということがわかっていながら、それを防ぐことができなかった。

そのことはどんなに非難されても弁解の余地がない。

その責めは捜査員全員が負わなければならない。

捜査員たちの形相はひきつっていた。

現場検証をする者も、死体の検死をする者も、ほとんど一言も無駄口をきこうとはしない。

鑑識課員たちも無言で犬のように地面に這っていた。

すでに緊急配備が発令されている。

通信指令センターでは、事件発生から配備完了までの時間がコンピュータの端末に打ち込まれ、犯人の逃走可能範囲が地図のうえに描きだされているはずだ。

この逃走可能範囲内にある、すべての警察施設、検問、張り込み予定場所、駅、高速道路ランプなどに、緊急配備システムが敷かれていた。

機動捜査隊の覆面パトカーがひっきりなしに現場に到着しては走り去る。

パトカーもビーコンをともしたままだ。

ここ――

大崎駅。

西口を出て、駅のフェンスにそって五分ほど進むと、山手通りの高架下に狭い公園がある。

うえにあがるスロープの陸橋もあり、その狭い公園が複雑に入り組んだ地形になっていた。

高層マンションに隣接し、大崎駅の広大な引き込み線に面しているが、高架の支柱や、陸橋にさえぎられ、人目につかない死角がそこかしこにある。

その支柱のかげに女の死体が放りだされていたのだ。

ヤジ馬たちが多い。

ヤジ馬を整理するのはかんたんだが、中継車をつらねて押し寄せてくるテレビ・クルーを排除するのは大変だ。

現場に捜査員たちが出入りするたびに、取材陣から質問が飛んで、カメラのフラッシュが連続してひらめいた。

三週間連続して火曜日に若い女が絞殺された……

取材陣は興奮していた。

興奮するのが当然だ。

おそらく今日の夕刊のトップ記事になるだろう。ワイドショーもこぞってこの事件を取りあげるにちがいない。

「被害者は清原静江、二十一歳、専門学校の学生です」

捜査員の緊張した声が現場に響いた。

「自宅は武蔵小山、学校はお茶の水にあるとかで、通学の途中だったと思われます」

「だれか家族に連絡したか」

とこれは一課の係長が確認する。

「はい、すでに母親が現場に向かっているとのことです」

「どうして被害者が大崎に降りたのか家族に心当たりはあるのか？　大崎に知り合いでもいるのか」

「いえ、これまで大崎なんて駅のことは娘から聞いたこともないといってました。娘がそんなところに降りるはずがない、何かの間違いじゃないか。母親はそういってるんですが……」

「要するに、またわけのわからない途中下車か」

係長はうめき声をあげた。

その目に深い焦燥の色があった。

鑑識課員たちも次々に声を張りあげる。

「血痕がありました」

「こちらにハイヒールが飛んでいます」

「被害者のバッグ発見」

「血痕のついた石がありました」

「おい、写真を撮れ。写真だ！」

「指紋はどうなってる？」

井原たちは死体の検死に当たっている。

死体の情況がこれまでとは違う。

後頭部が血に染まっていた。

明らかに歩いているところを犯人に後ろから殴りつけられたのだ。

すでに現場から血に染まった石が発見されている。

鑑識の結果を待たなければ、はっきりとは断定できないが、その石で被害者の後頭部を殴りつけたものと思われる。

そして、ぐったりとして力を失った被害者を公園に連れ込んで、前回、前々回と同じように、背後から紐で絞殺した。

「ちくしょう、ふざけやがって——」

井原が歯ぎしりするようにいう。

これが白昼堂々と行われたことなのだ。

いくら公園に死角が多いからといって、犯行を見とがめられる危険性は多分にある。

常識的に考えれば、ふつうの人間はとてもこんな場所で人は殺さないだろう。

犯人はよほど大胆なのか、それとも考えが足りないのか？　あるいは異常者なのだろうか。

犯人が捕らえられなかったのは、たんに幸運だったからにすぎない。犯人は幸運で、そのぶん捜査員たちは不運だった。

「ふざけやがって。ちくしょう、ふざけやがって」

そのことを考えると井原ははらわたが煮えくりかえる思いなのだろう。思いだしたように罵声をあげていた。

「どうしてこんなところで女を殺さなければならなかったのかな？　まるで一分一秒も女を生かしておくのが我慢できなかったみたいじゃないか。激情にかられてわれを忘れたか、よほど深い怨恨があるのか――」

捜査員のひとりが混乱したようにいう。

「そんなはずはねえだろう。こいつは通り魔事件なんだぜ。被害者と犯人《ホシ》には面識はないはずだ。怨恨なんかあるはずがない」

べつの捜査員がそう応じて、どう思いますか、主任、と井原に尋ねた。

「被害者はべつの場所で襲われてここまで逃げてきたのかもしれないな。犯人は顔を見られたんで必死だった。殺す場所なんか選んでいられなかったんじゃないか」

井原は唇を噛んで、ちょっと考え込んでいたが、すぐに、おい、聞き込みはどうなってる、とそう叫んだ。

「これまでとは違う。犯人は被害者の頭を殴りつけているんだ。返り血をあびているかもしれない。だれか駅に走らせろ。血痕のついた服を着た人間が電車に乗らなかったか確かめさせるんだ。このあたりを循環しているバスもすべて確認しろ。各タクシー会社にも連絡。犯行推定時刻に、この付近で客を拾わなかったか至急確認するんだ」

「まだ犯行推定時刻は出ていませんが」

「馬鹿やろう！　おまえの頭は飾りか。九時から九時半までのあいだだ、検死の結果がまだでも、それぐらいわかるだろう！」

井原に怒鳴りつけられて、捜査員はすっ飛んでいった。

井原は苛立っているようだ。

部下を怒鳴りつけて、その怒りを抑えかねたように、いらいらとその視線をさまよわせる。

ふとその目が志穂のうえにとまった。

志穂は捜査員たちの後ろに立って死体を覗き込んでいる。悔しげに唇を噛んでいた。

わずかに井原の表情がなごんだ。

おそらく、このとき井原は捜査員の仲間として志穂を認める気になったのだろう。犯人に対する怒り、自分たちの無力さに対する悔しさ……それを共有する人間は全員、捜査員の仲間なのだ。

声をかけてきた。

「あんたの推理が正しいのかもしれないな」

「え？」

井原の顔を見た。

「いや、被害者たちはみんな電車のなかで痴漢にあったんじゃないかという推理さ。袴田刑事から聞いたよ。被害者たちはいやでも途中下車せざるをえなかった。確かにそう考えれば納得のいくことが多い。もっとも袴田刑事もいっていたことだが、痴漢が自分のあとを追って電車を降りてくれば、当然、被害者たちは警戒するはずだ、むざむざ殺されるのはおかしい、とはおれも思うけどな」

「…………」

意外だった。

保留つきではあるが、どうやら袴田は志穂の推理をある程度、認めていたらしい。それも意外だったが、そのことを袴田が井原に話していたのはもっと意外だった。

袴田は特別被害者部に配属され、捜査本部の外様《とざま》のような立場に立たされているが、ときに刑事たちはそんな確執を乗り越えて、たがいに情報の交換をしあうものらしい。

これが刑事というものなのか。

縄張り意識を剝きだしにしていがみあうのも刑事なら、犯人を逮捕するために立場の相違を乗り越えて協力しあうのも、やはり刑事というものなのだろう。

「…………」

あらためて被害者を見た。

被害者はしなやかで細い体をしている。ピアスをしている。その点はこれまでのふたりの被害者と共通していた。

しかし――

その髪は短いし、ミニスカートも持ち去られていない。そのことが腑に落ちない。どうしてこの被害者にかぎって、これまでのふたりの被害者像と異なるのか。三人めにいたって犯人の嗜好がいきなり変わったとでもいうのだろうか。

――そんなはずはないわ。

胸のなかでそれをうち消した。

檜垣恵子、深山律子……志穂の頭のなかに、ふたりの犠牲者を通して、ぼんやりと犯人像が浮かんでいる。それはまだ霧に閉ざされたように、はっきりと焦点を結んではいないが、たしかに影のようなものがうごめいているのが見える。いや、感じられるのだ。

三人めの清原静江がショートヘアで、しかもスカートを剝ぎとられていないということが、どうにもその犯人像とそぐわないように思われるのだ。

どこか不自然だし、納得できない。

「いいですか」

井原にそう断って、井原がうなずくのを確かめてから、死体に近づいた。

ほかの捜査員たちも体を移動させ、志穂に場所を譲った。おそらく古田のことで志穂を見なおす気持ちになったのだろう。囮捜査官に対する偏見を捨てる気になった。

検死の方法は本庁の捜査講習でみっちり教えられている。

しかし、いま、とりあえず確かめたいことはただひとつだ。

手袋を塡《は》めて、乾いた血がこびりついている被害者の髪の毛をソッと撫でつけた。

そして髪の毛を数本つまんで、その先端を確かめた。

「…………」

丹念に髪の毛を調べた。

「どうしたんだ？　何をやってるんだ」

井原がけげんそうに尋ねた。

「すいません」

井原の顔を見ると、

「どこかに髪の毛が落ちていないか、それを特に注意して調べるように、鑑識にいっていただけませんか」

「どういうことだ？　鑑識が現場で抜け毛を採集するのは当然のことだろう」

「抜け毛のことじゃないんです」

「…………」

「この人はショートヘアではありません。これまでの被害者とおなじようにロングヘアだったと思います。この人は髪の毛を切られているんです。それもかなり乱暴にズタズタに切られています――」

そこで一息いれて、緊張した声でつづけた。

「犯人が切ったんじゃないかと思うんですけど……」

髪結いの亭主

1

事件が発生してから緊配《キンパイ》（緊急配備指令）が出されるまで一時間とは過ぎていない。
どんな手段を使うにせよ、一時間では犯人はそんなに遠くには逃げられない。
しかも、
――着衣に返り血をあびた男。
という明確な手がかりを与えられているのだ。
通信指令センターの指示のもとに、逃走可能範囲内の駅、高速道路ランプなどに警察官が配備され、山手通りに検問が敷かれた。

犯人はなんらかの手段で現場から逃走しているはずだ。

品川駅のふたつのトイレ、大崎駅に接した小公園——

現場の情況からいって犯人が自分で車を運転しているとは考えられない。

公共の乗り物を使って逃走したと見るのが妥当だろう。

大崎駅に向かったか、循環バスに飛び乗ったか、あるいはタクシーをとめたか、いずれにしてもどこかに逃亡の痕跡を残していなければならない。

それがないのだ。

どうしても犯人の足どりがつかめない。

犯人は完全に消えてしまった。

電車、バス、タクシー……逃走可能範囲内のすべての公共機関の乗り物が慎重に調査されたが、ついに犯人とおぼしき人物は捜査線上に浮かんでこなかった。

被害者後頭部の傷痕からいっても、犯人はたしかに返り血をあびているはずと思われるのだが、この短時間のあいだにどこかで着替えでもしたのだろうか？

もっとも捜査員たちは最初から緊配などにはそれほど期待してはいなかった。

そんなものより捜査員たちにはもっと期待できるものがあったのだ。

今回の事件では前回、前々回とは異なり、犯人は有力な手がかりを残している。

そのひとつは被害者の頸部から紐の繊維が発見されたということだ。

正確には、繊維ではなく、微小なプラスチック片が検出されたのだった。

科捜研は正確な分析を急いでいるが、要するに絞殺に使われた紐はプラスチック状のものであるらしい。

それにもうひとつ、被害者の頸部に、なにかぽっ、ちのような痕跡が残されているのが発見された。

結び目か、そうでなければ通し穴のようなものと判断され、このことからもこの紐がかなり特殊なものであることが推測された。

これもまた絞殺に使われた紐を特定する有力な材料になるはずである。

凶器を特定できることが、どんなに捜査を有利に進めるのに役に立つか、そのことはいうまでもない。

さらにもうひとつ、被害者の爪から血痕が検出された。

それもB型分泌型の血なのだ。

被害者の血液型はAB型非分泌型であるから、これは被害者が自分の喉を傷つけて付着したものではありえない。

被害者は苦しまぎれに犯人の手の甲を引っ掻いたものと推測される。

つまり、さきに深山律子のコートから検出された精液とあわせて考えれば、犯人の血液型をB型分泌型と特定してもまず間違いないだろう。

——犯人《ホシ》が見えてきた！

そのことに捜査員たちが奮い立ったのはいうまでもない。

本部の置かれている所轄はもちろん、周辺所轄の人員までが動員され、じつに八十人にもおよぶ捜査員たちが外勤に配備され、現場周辺の聞き込みに当たったのだった。武蔵小山の自宅を出てから、目黒で山手線に乗り換え、大崎駅を出るまでの被害者の足どりが丹念に追跡された。

顔見知りの隣人が、偶然、目黒駅山手線ホームでその姿を見ていることから、清原静江がどの車両に乗ったかを特定することができた。

さらに、その車両に乗りあわせ、五反田駅で降りた中年女性が、車内で痴漢行為を目撃したことを駅員に告げたという事実も判明した。

満員電車で痴漢はめずらしくないが、その男の痴漢行為には目に余るものがあり、被害者の若い女性はいまにも泣きださんばかりだったという。

中年女性はそのことを駅員に告げ、なんとか取り締まることができないものか、と訴えたらしい。

痴漢の取り締まりは一駅員の関知するところではないし、よしんば鉄道警察官にしても満員電車で痴漢行為を摘発するのは不可能なことだ。

駅員がその訴えを適当に聞き流したのはやむをえない。

が、ここで残念なのは、駅員がその中年女性の名前なり住所なりを確かめなかったことだ。

確かめようとはしたのだが、中年女性は何も告げずに立ち去ったのだという。おそらく事件に巻き込まれるのを嫌ったのだろう。

中年女性は清原静江の乗った車両で痴漢行為を目撃している。

そのことからも痴漢の被害者が清原静江であるのは間違いないことと思われる。

おそらく清原静江は痴漢から逃れるために大崎駅で下車せざるをえなかった。

痴漢もやはり大崎駅で下車して、清原静江のあとを執拗《しつよう》に追い、ついに同駅に隣接する公園で凶行におよんだ……

つまり、その中年女性は犯人の姿を目撃していることになる。

その駅員が中年女性の名を記録しておかなかったのが、返すがえすも悔やまれるわけだが、さいわい、彼女が山手線五反田駅で降りたことは確認されている。

渋谷から品川にかけての山手線各駅に、その中年女性に呼びかける掲示が張りだされることになり、すでに二百枚が印刷にまわされた。
以下のような掲示である。

山手線ご利用の皆様に

十二月十日火曜日、午前九時ごろ、品川方面に向かう山手線車両内、目黒、五反田にかけて、痴漢行為を目撃された方は、至急、一一〇番なさるか、最寄りの交番にご連絡ください。当局では、その痴漢犯は「山手線連続通り魔殺人事件」の重要参考人の可能性が強いと見なしています。なお、警察では、この件に関して広く一般からの情報をつのっています。凶悪犯罪を根絶するために乗客の皆様のご協力をお願いします。

警視庁

三日間をくぎり、これで効果がない場合には、さらに二百枚の掲示ポスターが追加印刷されることになっている。
これらのポスターは駅の改札口、ホーム、切符自動販売機の脇などに張りだされることになるはずだ。

また、その中年女性が主婦である可能性が強いことから、特に主婦を対象とするワイドショーを選んで、集中的にこのキャンペーンを放送してもらうことが、各テレビ局に依頼された。

三人の若い女性が火曜日にあいついで殺されたことで、世間の関心が集まり、早期解決を望む声が高まっている。

これらのポスター、テレビ・キャンペーンなどで、数多くの情報が寄せられることが期待された。

捜査員たちはようやく事件解決の確かな手ごたえを得たように感じていた。

前回、前々回の事件では、現場が駅のトイレであったことから、特に犯人と山手線との関連が注目されることはなかった。

ふたりの被害者はたまたま品川駅で途中下車し、駅のトイレで殺害されることになったと見なされていたのだ。

しかし、今回の清原静江の事件で、捜査情況が一転することになった。

犯人は山手線で被害者と接触し、被害者を追って駅に降りて、これを殺害した……

捜査本部はこう断定し、捜査の網を山手線にまで拡大することを決定した。

山手線で痴漢行為を働き、鉄道警察官に現行犯逮捕された男たちのリストが作成され、捜査員たちがこれを一人ひとりしらみ潰《つぶ》しに当たることになった。

その一方で、駅を降りてから殺害されるまでの清原静江の足どりが丹念にたどられ、目撃者の発見に全力が費やされた。

清原静江の写真コピーが配られ、それを持って捜査員たちが大崎駅、および駅周辺の聞き込みに当たった。

——火曜日の朝、この女性を見かけませんでしたか。

捜査員たちはおなじ質問を辛抱強く繰り返した。

——この女性につきまとっている不審な男を見かけませんでしたか。

実際の話、ラッシュアワーの駅というのは目撃者を見つけだすのには最悪の情況といえた。砂場から一粒の砂を拾いあげるようなもので、ほとんど不可能なことなのだ。それでもめげずに捜査員たちはこつこつと聞き込みをつづけた。これ以外に事件を解決する方法はない。

鑑識もまた地道に捜査をつづけていた。

当日、午前八時五十分から九時にかけて、大崎駅に残された切符を回収し、一枚一枚、それから指紋を採取しているのだ。

清原静江の指紋を検出できれば、彼女に前後して改札を出た人間の切符を何十枚かに絞り込むことができる。そのすべての切符から指紋を採取し、それを先に品川駅・橋上トイレ、第二ホームトイレから採取した指紋と照合するのである。合致するものがあればそれを犯人の指紋と特定することができる。

これもまた砂場から一粒の砂を拾いあげるような作業だ。気の遠くなるほど膨大で地味な作業だった。

が、こうした徒労とも思われる作業の積み重ねが、結局は、犯人検挙につながることを捜査員たちは知っていた。

——どうして犯人は清原静江の髪を切ったのか？

そのことは奇妙なほど捜査員たちの関心を引かなかった。

この犯人は電車で痴漢行為を働き、逃げる女性を追って、ついにはこれを殺害してしまうような異常者なのだ。そんな異常者であれば、いわば獲物をしとめた記念として、被害者の着衣を持ち去ったり、その髪の毛を切ったりしてもふしぎはない。

どうやら捜査員たちにはその程度の認識しかなかったようだ。

犯人を検挙した際、その部屋からたとえば被害者のスカートが発見されでもすれば、これは有力な物証となるだろう。

が、それまでは被害者のスカートが奪われたことなど気にとめる必要はない。そんなものは犯人を特定し、これを検挙する役にはたたない。

ましてや犯人がどうして被害者の髪を切ったかなどと、そんなことを詮索するのは時間の無駄というものだ。しょせん異常者のやることで、正常な人間の理解を超えることではないか。

捜査員たちは期せずしてそう意見が一致していたのだった。

しかし……

ここにひとり、清原静江の髪の毛が切られていたことにこだわっている人間がいた。

囮捜査官の北見志穂だ。

2

水曜日、午後三時——

ひとり山手線大崎駅のホームにたたずんでいる。

暗い冬の午後だ。

淋しい。

ホームに人の姿はほとんどない。

吐く息が冷えびえと白かった。

ホームからのぞむ大崎の街も冷たくよそよそしい。

——この街でひとりの若い女が殺された。後ろから石で頭を殴られ、首を絞められて、無残に殺された。

志穂は胸のなかでその事実を重く噛みしめずにはいられない。

ひとりはこの街で殺され、ふたりは品川駅のトイレで殺された。そして三人の若い娘を殺した犯人は東京のどこかでのうのうと生きている……

志穂が考えたとおり、清原静江もやはりロングヘアであったらしい。そのことは遺体を確認した母親が証言している。

——なんてひどいことを。この子はあんなに長い髪が自慢だったのに！　殺すだけじゃなくて髪の毛まで切るなんて。かわいそうに、静江、ああ、なんてひどいことを！

母親の泣き叫んだ声はいまも耳の底にこびりついて残っている。

やはり犯人の好みは変わっていないのだ。

ロングヘア、細くしなやかな体、ミニスカートを穿いて、ピアスをつけた若い娘……それが犯人の食欲を誘う餌食のタイプなのだ。

清原静江もその例外ではなかった。

しかし、どうして犯人は檜垣恵子、深山律子のふたりからはミニスカートを剝ぎとっておいて、清原静江にかぎって、その髪の毛を切らなければならなかったのか?

志穂にはそれがわからないのだ。誰もわからない。「本部事件係」検事の那矢や、本庁の井原主任などは、犯人はいわば犯行の記念として、スカートを剝ぎとり、髪の毛を切ったのではないか、とそう考えているらしい。

もし、そうだとしても、どうして清原静江の場合にかぎって、その髪を切らなければならなかったのか、それを説明することはできない。

鑑識からの報告では、清原静江の髪の毛は鋏ではなく、なにかカッターのようなもので切られているらしい。

鋏で切れば、その切り口は一直線になるのだが、カッターの場合には、削《そ》ぐようにして切るために、どうしても切り口が不ぞろいになりがちなのだという。

カッターの切り口は髪の毛を左から右に走っていた。

つまり犯人は右ききだ。

清原静江は陸橋の支柱のかげにうつ伏せになって倒れていた。

石で殴られ、後頭部は血まみれになっていた。

公園に連れ込まれたときには清原静江はほとんど喪神状態だったろう。

犯人は清原静江を絞殺したあとに、その髪の毛を左手でたばね、それをカッターで切断した。

清原静江の後頭部が血で汚れていたことを考えれば、しかも人を殺して一種の興奮状態にあったことを考えあわせれば、これはけっして楽な作業ではなかったはずなのだ。

つまり犯人はかなり無理をして静江の髪の毛を切っていることになる。

白昼の公園で女を殺し、一刻も早く現場から逃げださなければならないはずなのに、どうしてもそうする必要があるのだとでもいうように、苦労して被害者の髪の毛を切っているのだ。

それはなぜか？

本部の捜査員たちが考えているように、それをただ異常心理のなせるわざ、と片づけてしまうのは無理があるのではないか。

もっとも——

ふたりの被害者がスカートを奪いとられたことについて、袴田は捜査本部とはまたべつの見解を持っているらしい。

「犯人は満員電車のなかで被害者のスカートに射精しているんじゃないか。実際、痴漢てやつは信じられないことをしやがるからなあ。現に深山律子のコートからは精液が発見されている——」

今朝、所轄署で行われた捜査会議のあと、袴田は照れもせずに、ボソボソとそんなことをいったものだ。

「B型分泌型。清原静江の爪に残っていた血液型とも一致している。あれは犯人のものに間違いないと思うよ。つまり犯人は自分の精液を現場に残していきたくなかったんだ。いまは素人でも精液から血液型を検出できるぐらいのことは知ってるからなあ」

「だったらハンカチか何かで拭きとるのがふつうじゃないかしら。そのほうがスカートを脱がせるよりはずっと簡単なはずだわ」

「拭いても痕跡は残る。完全に拭きとることはできないよ。それよりはスカートを脱がせたほうが安全だ。そうは思わないか」

「何ともいえない。わからない……」

返事を濁したが、袴田の推理には納得できないものを覚えていた。

三件の殺人事件からうかがえるのは、この犯人には計画的なところがすこしも感じられないということだ。被害者を選ぶのにも、ただ自分の好みを基準とする以外は、まったくの行き当たりばったりで、ほとんど無造作といってもいいぐらいだ。

この犯人には自分の犯行を隠蔽《いんぺい》しようとする意思はまったくないらしい。

志穂は、囮捜査官に本採用されるまえに、警察学校の講義、本庁の講習以外に、異常犯罪心理学の講義も受けている。

異常犯罪心理学によれば、レイプ殺人を犯す動機の根幹にあるのは、レイプそのものではないという。

レイプ殺人を犯す男たちの多くは、そのことで異性を完全に屈伏させることを願い、サディスティックな喜びを得るのを望んでいる。

レイプ殺人の根幹にあるのが、愛、であるはずはないが、しばしば性欲でさえないらしい。

その行為は、たんに歪んだ欲望を遂げるのが目的ではなく、そうすることで自分のパワーを確認し、満足したいという願いを反映させているのだ。

そこにあるのは、女を自分の意のままに従わせ、ひれふさせて、泣き叫ぶのを見てみたいという、グロテスクに歪んだパワー願望なのだという。

レイプ殺人を犯す男たちの多くが、性的に弱く、しばしばインポテンツであるという事実がそのことを裏づけている。

つまり、レイプ殺人を犯す男の心理としては、その犯行を隠蔽するのが本意であるはずがないのだ。

それどころか、むしろ自分のやったことに人々の注目を集め、そのことで自分の力を誇示したいと思うのが当然ではないか。

そんな犯人が、どうして被害者のスカートに残された自分の精液だけに、そんなに神経質にならなければならないのか？

精液から血液型が検出できるのを知っているほどの人間なら、血液型は犯人を特定できる決め手にはならない、というぐらいは知っていそうなものではないか。

志穂はそのことが納得できないのだ。

袴田が、おい、と志穂を呼んだ。

キヨスクのまえに立っている。

これまで袴田はキヨスクの従業員・女性から話を聞いていた。

これまでにわかっているかぎり、キヨスクの女性は清原静江が生前に最後に話をした人間ということになる。

もちろん、すでに所轄の刑事たちがさんざん話を聞いている。

袴田が話を聞いたのは念のためということだろう。

「ここで雑誌を配送するアルバイトが清原静江と言葉をかわしている。ほんの二言、三言らしいが、何かそのアルバイトが気がついたことがあるかもしれない。キヨスクの配送業務は、JR＊＊物流という会社がやっていて、本社が飯田橋にある。そこに行ってみようと思うんだが、おまえはどうする？」

「だって、そんなの、みんな所轄の刑事さんがやってることじゃないですか。いまさら袴田さんが聞き込みしたって何にも出てきませんよ」

「そんなことはわかってるよ」

袴田はうるさげに顔をしかめて、

「そんなことはわかってるんだが、まあ、念のためにな」

達観しているように見えるが、やはり袴田は現職の刑事なのだ。

どんなに枯れたように見せていても、刑事であるかぎり、一つでも二つでも手柄をたてたい、という野心を捨てられない。

自分が特別被害者部に飛ばされたことに、内心、忸怩《じくじ》たるものを覚えていて、いつかは捜査畑に返り咲きたいという夢を持っている。

正確にいえば、特別被害者部に派遣された刑事たちに犯罪の捜査は期待されていない。囮捜査官の公的な資格は、みなし公務員という何ともあいまいなものだ。そんな囮捜査官を護衛し、さらには職域を逸脱しないように監視するのが、袴田や広瀬たちの主たる仕事なのだった。

口に出してはいわない。

しかし、袴田たちにそんな自分たちの立場が不満でないはずがない。

志穂は今回の捜査に加わって、刑事というものがどんな生き物であるか、それがよくわかるようになった。

刑事は猟犬なのだ。

そこにすこしでも獲物がひそんでいる可能性があれば、突進せずにはいられないのが刑事という生き物だった。

「わたし、もうすこし現場を見てみたいんだけどな」

わかった、と袴田はうなずいて、

「それじゃ、あとで」

手をあげて立ち去っていった。

そこを歩いていくのは、老いぼれて、無能だと思われている猟犬だった。

「………」

その後ろ姿がひどく孤独なものに見え、しばらく袴田を見送らずにはいられなかった。

そんな志穂に、

「あんた、女の刑事さんなの？」

キヨスクのなかから女性が声をかけてきた。

「ええ、まあ、そんなところです」

「へえ、そんなにきれいなのに何だか勿体《もったい》ない気がするね。もっとも仕事はやりがいがあるのが一番だけどさ。きっと女刑事なんておもしろいんだろうね」

「ええ、つらいこともあるけど」

「そりゃあ仕事なんだもん。いいことばかりはないさ」

ずいぶん気さくな女性だった。人の好さがその丸顔に表れていた。

「それでやっぱり何かい？　ピストルかなんか持ってるわけ？」

「いいえ、女刑事は拳銃の携帯は許可されてないんです」

志穂は口調を変えて、

「亡くなった清原さんはそこの公衆電話から電話をかけたんですよね」

「ああ、あの子も可愛い娘だった」

女性はいたましそうに顔をしかめ、

「むごいことをするもんだよ。これからだというのに、かわいそうに」

「どこに電話をしたのかわかりませんか」

「べつの刑事さんにも聞かれたんだけどね。わからないんだよ。わたしは配送の男の子と話をしてたもんだから――」

「相手が知り合いだかそうでなさそうかもわかりませんか」

「どうなんだろうね。電話のあとで大崎玉通りはどこかと聞かれたよ。電話をかけてるときにはね」

おばさんはホームの外のほうに顎をしゃくった。

「ぼんやり向こうのほうを見てたっけ」

「向こうのほう……」

ふと思いたって志穂は受話器を取り、示されたほうに視線を向けた。

線路をはさんでフェンスがあり、道路をへだてて、灰色にくすんだ町並みが広がっていた。

フェンスには幾つか広告板が掲げられている。

そのうちのひとつ、小さな広告板に視線が吸い寄せられた。

相沢理恵美容室

その横に、電話番号が記され、住所も記されている。

住所は大崎玉通り二丁目になっている。

清原静江は髪の毛を切られていた！

そのことがふいに閃光のように頭をかすめていった。

何の脈絡もないし、何の根拠もない。

しかし……

——清原静江はあそこに電話をかけたんじゃないかしら？

直観的にそう感じていた。

男の刑事にはわからない。

しかし、女にはときに美容院に行くことが人生の最優先事になる、そんなことがよくあるものだ。

3

相沢理恵《あいざわりえ》美容室は、どこにでもあるようなありふれた町の美容院だった。

相沢理恵はコロコロと太った、丸顔の、愛想のいい中年女だった。

「きのうの朝、ええ、電話あったみたいですよ。わたしが出たんじゃないけど」

相沢理恵は質問に答えた。

「だけど、ご存知でしょうけど、美容院は火曜日が定休日ですからね。女の子たちも出ていないし、わたしだって週に一日ぐらいは休まないとね。ほんとのところ、わたしはまだ寝ていて、よく知らないんですけど、お断りしたはずですよ」

「女性だったら美容院が火曜日に休みだぐらいは知ってますよね。それなのに電話をかけてきた。その人には何かよほどの事情があったんでしょうか。そのことは何か聞いていらっしゃいませんか」

「さあ、なにしろわたしは寝ていたものだから、よく知らないんですよ。まあ、組合に入っていない美容院だったら、火曜日に営業することもあるから、もしかしたらやってるんじゃないか、とそう思われたんじゃないですか？」

「電話をかけてきた人の名前は聞いていらっしゃいませんか」

「予約を受けるんだったらうかがうんですけどね。お断りしたんだから、聞いていないんじゃないかしら」

「申し訳ありません。電話を受けた方にお話を直接うかがいたいんですけど、いま、いらっしゃいますか」

「なにか事件なんですか」

「いいえ、大したことじゃないんですけど」

「ふうん、そうなんですか」

相沢理恵はそれ以上、好奇心を示そうとはしなかった。善良な女なのだ。日々の暮らしに満足していて、ほかのことはどうでもいいのだろう。

「あいにく、いま、それがいないんですよ。電話を受けたのはわたしの亭主なんですけどね」

「ご主人……」

「パチンコ屋に行ってるんじゃないかな。玉通りの先にパチンコ屋があるんです。玉通りでパチンコ屋なんてぴったりだっていつも笑うんですけどね。そこでパチンコをやってると思いますよ」

「パチンコがお好きなんですね」

「いいご身分でしょ？　名前は相沢義彦《よしひこ》。痩せてて、背が高いわ。眼鏡をかけてる。革のハーフコートを着て、臙脂《えんじ》色のセーターを着ているから、すぐにわかると思うけど」

「ありがとうございます。覗いてみます」

「あの人、あなたみたいな美人に声をかけられたら喜んじゃう」

相沢理恵は人が好さそうに笑って、

「あの人に会ったら、今夜はできるだけ早く帰るようにいってくれませんか。マグロのいいのを買ってきたからって」

「はい、お伝えします」

もう一度、礼をいって、美容院を出た。

外の歩道で、美容師の女の子がタバコを吸っていた。

志穂を見て笑いかけてきて、

「いやんなっちゃう。うちのお店、タバコを吸うところもないんだよ」

その屈託のない笑い顔に、ふと思いついて、

「ねえ、相沢さんのご主人てどんな人？」

そう聞いてみた。

女の子の顔から笑いが消えた。

いっていいものかどうか迷っているようだったが、

「髪結いの亭主よ」

吐き捨てるようにそういった。

「………」

「ママはぞっこんだけどね。女の子たちはみんな嫌ってるわ」

「いやな人なの？」

「会ってみればわかるわよ」

女の子は言葉を濁して、

「わたしもこれ以上はいえないわ。いいたくない。ママがいい人だから女の子たちはみんな黙ってるのよ」

「………」

うなずき、礼をいって、女の子と別れた。

教えられたパチンコ屋に向かう。

相沢義彦、髪結いの亭主――急にその男に対して好奇心が湧いてくるのを覚えた。

そのころ所轄署の捜査本部に一本の電話がかかってきた。

女性からの電話だ。

「あのう、わたし、きのう山手線の目黒から五反田にかけて、男の人が若い女の人に痴漢しているのを見た者なんですけど」

「申し訳ありません。お名前と連絡先をお知らせいただけませんか」

捜査員は緊張した。

五反田駅で痴漢を目撃したと訴えた中年女性のことを思いだしたのだ。

「いわなければいけませんか。わたし、ちょっと困るんですけど……」

「ご迷惑はおかけしません。できれば教えていただきたいんですが」

「困るんですけど」

女はそう繰り返すばかりだ。

匿名の情報提供者はめずらしくない。おもしろ半分のでたらめな情報も多い。

情報提供者が名乗ろうとしない場合には、何とかしてその情報の真偽を確認しなければならない。

「それではお名前は結構です。覚えていらっしゃるだけでいいですから、念のために痴漢にあった女性の服装などをお教えいただけますか」

「女性の服装ですか？」

「ええ」

「コートを着てミニスカートを穿いてたわ。黒っぽい色だったけど、何色だったかよく覚えていない。きれいな人だった」

「なるほど」

捜査員はいよいよ緊張した。

いま相手が述べた服装は被害者のそれに一致する。報道機関では被害者の服装までは報じられていない。

「それで、その痴漢の人なんですけど」

「ええ」

「眼鏡をかけてました。中年というほどじゃないけど、そんなに若くもない。痩せて背が高い。髪はやや長めね。首筋にかかるぐらいかしら。革のコートを着てたわ。下に赤っぽいセーターを着ていました」

「………」

捜査員は夢中になってペンを走らせた。

詳細で具体的で、きわめて信憑性のある情報だった。

この女は犯人を見ている！

捜査員はそのことを確信していた。

「あんなことする人は許せません。絶対に捕まえてください」

電話を切ろうとする気配があった。

「ああ、ちょっと待ってください。まだお聞きしたいことがあるんですが」

捜査員は慌てて声を張りあげたが、そのときにはもう電話は切られていた。

あらためて自分の書いたメモを見た。

「眼鏡。中年ではないが若くもない。痩せてて背が高い。髪はやや長め、革のコートに、赤っぽいセーター……」

頭のなかで犯人像が具体的に膨らんでくるのを感じていた。

こいつが三人の若い女を殺したのだ。

女嫌い

1

教えられたパチンコ屋に入った。
美容院のママのいったとおりだ。
相沢義彦はすぐにわかった。
痩せぎすで、背が高い。
パチンコに熱中していた。
眼鏡をかけ、タバコをくわえていた。

髪をやや長めに伸ばしている。

三十そこその優男《やさおとこ》だが、どこか崩れた印象がある。

理恵より何歳か年下のようだが、やや拗《す》ねたような不良っぽいところに、母性本能を誘われる女もいるのだろう。

相沢はパチンコが巧いらしい。

足元には、ぎっしり玉の入ったプラスチックの箱が三つも積みあげられ、玉受け台にも玉があふれていた。

ラッキーセブンをつづけざまに出して、けたたましい音楽を奏でさせた。

横に立ち、しばらく待ったが、いつまで待ってもらちがあきそうにない。

やむをえず名を名乗り、身分をあかして、すこし話を聞かせて欲しい、と頼んだ。

「いまじゃなきゃいけねえのか」

相沢は迷惑げだった。

「お願いします。そんなにお手間はとらせませんから」

「そうはいっても、いま、せっかく出ているところなんだぜ」

「すぐに終わりますから」

「仕様がないな――」

相沢は露骨に舌打ちし、タバコを灰皿にもみ消すと、立ちあがった。

「ちょっと待っててくれ」

プラスチックの箱を重ねて胸に持ち、景品引き換え所のほうに歩いていった。

玉受け台に玉を残したままなのは、話が終わったあとで、まだパチンコをつづけるつもりだからだろう。

「………」

相沢の姿が完全にパチンコ台の間の通路から消えるのを待った。

ハンカチを出すと、それで灰皿のタバコをつまみあげた。そして、それをいつも携帯しているビニールの袋に入れ、ハンドバッグに収めた。

タバコのフィルターに残された唾液からは血液型を検出することができる。

どうして急に相沢の血液型を調べる気になったのか？　それは志穂自身にも直観としか説明しようのないことだった。

パチンコ屋のなかはうるさくて話ができない。

外で立ち話をすることにした。

火曜日の朝、若い女から電話があったことはあっさり認めた。

「シャンプーとカットをしてくれというんだ。火曜日は定休日だから駄目だとそういってやったんだがな。そこをなんとかしてくれとそういいやがる。しつこい女だった——」

「それでも断ったんですか」

「女の子はひとりも出ていない。女房はまだ寝てる。どうしようもねえよ」

「どうしてそんなに急にシャンプーとカットが必要になったのか、その人はそのわけは話しませんでしたか？」

「いや、いわなかったな」

「その人の名前は聞きませんでしたか」

「予約を取るんだったら聞くけどな。断るんじゃ名前を聞いたって始まらない」

相沢は妻と同じことをいった。

「そのほかに何かその人のいったことで覚えていることはありませんか」

「火曜日にやってる美容院があったら教えてくれないかと聞いてきたよ」

「教えたんですか」

「教えるわけがない。知らねえもの」

「…………」

志穂は唇を噛んだ。

美容院に電話をしてきた女は十中八九、清原静江に間違いないだろう。

が、それにしたところで確証が得られたわけではないし、よしんば清原静江が殺されるまえに美容院に電話をかけたとしても、それで何がどうわかったわけでもない。清原静江が殺されるまえに美容院に行きたがっていたのと、犯人が殺したあとで清原静江の髪を切っていたのと、どこでどう筋道がつながるというのか。

わからない。

どうやら相沢は、志穂が沈黙しているのを自分の答えに不満だからだ、とそう勘違いしたらしい。

「どうしろってんだよ。これ以上、なんにも聞いちゃいねえよ。おれはすぐに電話を切ったんだよ」

両手を拡げ、声を荒らげていった。

「おれは火曜日は忙しいんだよ。一週間に一度の休みだからな。朝から出かけることにしてるんだよ。気が急《せ》いてたんだ」

もちろん相沢には何の責任もない。志穂は急いでわびて、

「ご協力ありがとうございました。もうお聞きすることはありません。結構です」

相沢はフンという顔をして、そのままパチンコ屋に戻ろうとした。

「ああ、そうだ、忘れてた」

理恵の伝言を思いだし、慌てて相沢を呼びとめた。

「奥様が今夜は早く戻って欲しいとそうおっしゃってましたよ。なんでもマグロのいいのが入ったんだそうです」

「…………」

相沢は振り返った。

志穂の顔を見つめた。

志穂は思わずたじろいだ。

相沢の視線はひどく冷酷だった。

フッと笑ったがその笑いも冷えびえとしていた。

「あんな女のマグロなんか食えるかよ。シャンプー臭くてヘドが出らあ」

低く吐き捨てるようにいった。

その陰惨な声が志穂の胸に刻まれた。刃物で切りつけられた傷痕のようにいつまでも消えることがなかった。

「…………」

相沢はパチンコ屋に入っていった。

志穂は立ちつくしていた。

美容院の女の子たちがどうして相沢を嫌うのかわかるような気がした。志穂も相沢という男を好きになれない。

心底から嫌悪した。

2

そのころ袴田は神保町の喫茶店にひとりすわっていた。

古本屋が並んでいる一角の、こぢんまりとした喫茶店だ。

大崎駅のキヨスクで清原静江と言葉をかわした青年は夕張《ゆうばり》という。めずらしい名前だが、べつだん北海道の出身ではないらしい。

その夕張を待っていた。

JR＊＊物流の飯田橋本社でいろいろ話を聞いてきた。

なんでも夕張は司法試験の勉強をしているのだという。

勉強が忙しくて、週に二回しかアルバイトができない。

若いのに結婚していて、奥さんが働いて、家計をまかなっているらしい。

貧しいが、希望に燃え、けなげに生きている若夫婦の姿が想像される。

――おれにもそんなときがあった。

袴田はふとそう思う。

しかし、いまはひとりだ。

外にいるときもひとり、家に帰ってもひとりだった。

そのことは考えないようにしている。

口に含んだコーヒーが苦い。

夕張は十分ほどで来た。

「すいません、遅くなりました」

席にすわって、素直にわびた。

「いや、せっかくお休みのところ、お呼びたてして申し訳ありませんでした」

袴田も頭を下げる。

「いいんです。どうせ勉強に身が入らなくて困っていたところなんです。さぼると女房がうるさくて」

「司法試験の勉強をなさっているとうかがいましたが」

「ええ、大学の四年から始めて、今年で三度めになります。今年こそなんとかしたいとそう思っているんですが」

夕張は屈託なく笑った。

好青年だ。

ハンサムとはいえないが、その笑い顔からは頭のよさと素直さがうかがえる。

しかし、刑事とは因果な仕事だ。

人をその第一印象から判断しない。第一印象から判断してはいけないのだ。どんな人間にも裏がある。その裏を嗅ぎわけるのが刑事という仕事なのだ。

袴田が夕張を見て、まず第一に気がついたのは、屈託のない笑い顔などではなく、その手に手袋を塡めていることだった。

よほどのことがないかぎり、東京の冬は手袋をしなければならないほど寒くはない。ましてや喫茶店に入っても手袋を塡めているのは奇異というほかはない。

「…………」

清原静江の爪のあいだに犯人のものと思われる血痕があったのを思いだした。

清原静江は血が出るほど深く犯人の手を引っ掻いている。

——つまり犯人の手には傷痕が残っているはずだ。

が、そんな内心の思いを隠して、袴田はさりげなく胸ポケットからシャープペンシルを取りだした。

「所轄の刑事から同じことを何度も聞かれてうんざりなさっているでしょうが、これがわたしどもの仕事でしてね。まあ、勘弁してください」

机のうえに手帳を拡げ、シャープペンシルのノックをカチカチと押した。

そして顔をしかめ、おかしいな、とつぶやいた。

「どうかなさったんですか」

夕張が聞いてきた。

「いや、シャープペンシルの調子が悪くて芯が出ないんですよ。としで指が震えるんですかね。お手をわずらわせて申し訳ないが、ちょっと代わりにやっていただけませんか」

「いいですよ」

夕張はシャープペンシルを取って、まず右手の手袋を脱いでから、二、三度、ノックを押した。

そして、これでいいんじゃないですか、といいながら、シャープペンシルを返してくれた。

「いや、どうもありがとうございました。おかげで助かりました」

袴田は本心からそういった。

夕張の右手には傷痕などない。

そのことを確認できたのが嬉しかった。

また手袋を塡めようとする夕張に、

「失礼ですが、どうして店のなかで手袋を塡めていらっしゃるのですか」

今度は素直にそう質問できた。

「いやー」

と夕張は頭を搔きながら、照れて、

「じつはこれ女房からの結婚記念日のプレゼントなんですよ。塡めないと機嫌が悪くなるもんですからね。つい、どこでも塡める習慣がついてしまって」

「愛妻家でいらっしゃる」

「妻はメークアップ・アーティスト志望なんです。週に二度ですけどね。新宿の専門学校に通っている。自分も勉強で忙しいのに、花屋でアルバイトをして、家計を支えてくれている。頭があがりませんよ」

「それはそれは、仲がおよろしくて結構なことですな――」

袴田は笑ったが、すぐにその顔を引き締めると、手帳のうえにかがみ込んだ。

「それでは事件当日の清原静江さんのことを思いだしていただきたいんですが。どんなことでも結構です。なにか思いだしたことがあったら教えていただけませんか」

3

パチンコ屋を斜めに見て、通りを挟んで、ファーストフードの店がある。

その窓ぎわの席にすわり、パチンコ屋を見張っていた。

すでに夜だ。

商店街を歩く通行人も、買い物の主婦が減って、若者の姿が目だつようになった。

相沢がパチンコ屋から出てくるのを待っている。

妻が晩酌の支度をして待っているのに、相沢は帰宅するつもりはないらしい。

――どこで何をするんだろう?

尾行して、それを確かめるつもりだ。

ファーストフードの店は飲食物と交換で支払いを済ませてしまう。張り込みをしているときなど、支払いに手間どって、相手の姿を見失ってしまう心配がない。

相沢という男には妙に気にかかるところがある。

清原静江が髪を切られて死んだことが、胸のなかに引っかかっていて、その連想で髪結いの亭主の相沢のことが気にかかるのかもしれない。

美容院は火曜日が定休日で、相沢は定休日になると外出しているという。

女たちがあいついで火曜日に殺されるのはそのせいとは考えられないか。

——定休日に女を殺す男。

それにあの男にはどこか蛇のようなぬめりとした感触がある。

美容院で働いている女の子たちがみんな相沢を嫌うのも当然だ。

志穂も一度会っただけで大嫌いになってしまった。

志穂は囮捜査官だ。

変装、といえば大げさだが、いつでも自分の印象を変えられる用意はある。

ヘア・バンドで髪をたばね、口紅の色を変えて、コートを脱いでしまえば、それだけで女は驚くほど印象が変わってしまう。

不用意に近づかないかぎり、相沢が志穂の姿に気がつくことはない。

しかし——

肝心の相沢がなかなかパチンコ屋から出てこないのだ。

すでに一時間以上も待っていた。

ハンバーガーもフライドポテトも油っぽすぎて好きになれない。

コーヒーばかりを三杯も飲んだ。

そろそろカウンターの女の子の視線が気になりだした。

――来た！

ようやく相沢が出てきた。

出てきてすぐに、パチンコ屋の横の細い路地に入ったのは、景品を現金に換えるつもりなのにちがいない。

そこに景品交換所があることはあらかじめ調べておいた。

ここで慌ててはならない。

待った。

相沢が路地から出てきた。

口笛を吹いて上機嫌なのはよほどパチンコで勝ったからだろう。

店を出て、相沢のあとを追った。

相沢は商店街の鮨《すし》屋に入った。

ちっぽけな鮨屋で、おそらくカウンターしかない。

食事をするつもりか。

いくら外見を変えたところで、同じカウンターにすわれば、相沢に気づかれてしまう。

ここでも待つしかなかった。

付近に鮨屋を見張ることができるような喫茶店はなかった。

やむなく路地に入り、薬屋の看板に身を隠すようにして、鮨屋を見張った。

もしかしたら相沢は鮨屋に腰を落ちつけて飲むつもりでいるかもしれない。

一時間待って、それでも鮨屋から出てこないようであれば、あきらめて出なおしたほうがいい。

が、三十分もしないうちに、相沢は鮨屋から出てきた。

手に鮨の折り詰めを提げていた。

かんたんに腹ごしらえを済ませ、鮨の折り詰めをみやげにし、これから帰宅するつもりなのだろうか。

そうではなかった。

自宅とは反対の方角に歩き始めた。

相沢のあとを追った。

商店街の外れに飲み屋やバーが建ちならんでいる一角がある。

相沢はそのうちの一軒、カラオケ・パブに入っていった。

「…………」

ちょっと迷った。

そんなに大きなパブではない。が、カウンターだけの小さな店でもなさそうだ。

店内は暗いだろうし、おそらく志穂が入っていっても、相沢に気づかれることはないだろう。

なにより外で待っているのには飽きあきした。

五分ほど待って、思い切って店のなかに足を踏み込んだ。

すぐに相沢の姿を探した。

入って左手に馬蹄形のカウンターがあり、右にはテーブル席、正面奥にカラオケ用の小ステージがある。

相沢はステージに接したテーブル席にひとりですわり込んでいる。

「…………」

気づかれないようにカウンターの端にすわった。

女ひとりでカラオケ・パブに入るのは不自然だが、そこに目立たないようにすわっていれば、誰かと待ち合わせをしているのだとそう思ってくれるはずだ。

ビールを注文し、目の隅にさりげなく相沢の姿をとらえていた。

ここでも相沢は店の女の子たちに嫌われているようだ。

女の子たちは、水割りのセットとつまみを運んだきり、相沢の席には近づこうともしなかった。

露骨に相沢のことを避けていた。怖がっているふうにも見えた。

しかし、相沢はそんなことはいっこうに気にしていないらしい。

自分ひとりで水割りをつくり平然と飲みつづけていた。

——どういうつもりなんだろう？

相沢の神経が理解できなかった。

——こんなところで飲んで何が楽しいんだろう？

傍目《はため》にも店の女の子たちから相沢は嫌われているのがわかる。どんなに無神経な人間でも本人がそのことに気がつかないはずはない。見たところお目当ての女の子がいるというふうでもない。こんなに冷遇され、居心地がいいはずがないのに、どうしてわざわざそんな店に来て酒を飲まなければならないのか。

嫌がらせだろうか。店の女の子たちが自分を嫌っているのを知っていて嫌がらせで酒を飲みに来る……そんな酒の楽しみ方もあるのかもしれない。

それにしても、
相沢という男に対する嫌悪感はいよいよつのるばかりだ。

――いやな奴。

「…………」

志穂のほうは一本のビールを持て余している。

女ひとりでそんなにパブで時間はつぶせない。

このまま相沢がただ酒を飲んでいるだけなら、店を出ていくしかないだろう。

そんなことを考えているときに、その騒ぎは起こったのだ。

女の子がドリカムの〝LOVE　LOVE　LOVE〟を歌い始めた。

それに相沢がヤジを飛ばした。

「でっけえ尻だな」

「よう、化粧がはげるぜ」

「酒がまずくならあ」

「ひでえ声だ」

「聞いてらんねえよ」

「ベッドでもそんな声出すのかよ」

しだいに聞くに耐えない卑猥なヤジに変わっていった。たんに卑猥というだけではなく、そこには何か底知れない悪意のようなものが感じられた。ヤジを飛ばしながらゲラゲラと笑っていた。心底から楽しそうだ。

――この男は女が嫌いなんだ。

ふいに志穂はそのことに思い当たった。

相沢は女を嫌っている。

そのことを感じるから、女たちも本能的に相沢を嫌悪するのだ。

――女嫌い。

女の子はヤジに耐えながら懸命に歌いつづけていた。

しかし、しだいに声がかすれ、体が震え始めた。

ついにステージのうえで立ち往生し泣きだした。

店のなかがしんと凍りついたように静まりかえった。

だれも何もいおうとしない。

ただカラオケの演奏と、女の子の泣き声、それに相沢の笑い声だけが聞こえていた。

バーテンがバシッとナプキンをカウンターにたたきつけた。

顔色が変わっていた。

カウンターから出てきて、相沢のまえに立った。

「出てけ、二度と来るな」

怒りを殺した声でいった。

「なんだよ、客を追い出そうとするのかよ。おれはお得意さんなんだぜ。そんなことしていいのか」

相沢はヘラヘラと笑っていた。

「なにが客だ、この野郎。カネはいらねえから出てけってんだよ」

バーテンは相沢の胸ぐらをつかんで椅子から立たせようとした。

相沢の動きは速かった。

バーテンの顔に頭突きを入れた。バーテンは悲鳴をあげた。その腹にすかさず膝蹴りを入れる。バーテンは腹を抱えて体を折った。その側頭部に容赦なく横なぐりに拳をたたき込んだ。ガツン、と鈍い音がした。

バーテンはテーブルのうえに倒れた。グラスが床に落ちて音をたてた。

バーテンもテーブルから床に落ちた。

床にうつ伏せに沈んだままピクリとも動かない。

これがほんの瞬きする間のことなのだ。

相沢はケンカ慣れしていた。強い。相手を徹底してたたきのめすこつを心得ていた。たんに凶暴というだけではなく、底知れない陰湿なものを感じさせた。

「みんな見たろう。こいつのほうが先に手を出したんだぜ」

相沢はあいかわらずヘラヘラと笑っていた。

「暴力パブだ。ひでえ店だよな、まったく。だけどおれは心優しいからさ。こんなことで店を見かぎったりはしねえ」

テーブルのうえに五千円札を投げだして、また来るぜ、とうそぶいた。

そして、ヘラヘラ笑いながら、店を出ていった。

志穂もそのあとを追った。


意外だったのだが、相沢はそのあと、まっすぐ帰宅した。

美容院のインタフォンを鳴らした。

店のなかが明るくなった。

妻の理恵が鍵を開けて出てきた。

理恵は何か文句をいったようだが、相沢はその鼻先に鮨の折り詰めをさしだした。

それで理恵は軟化したようだ。

嬉しそうに折り詰めを受け取ると、相沢に体をもたせかけた。

ふたりはもつれあうようにしながら店のなかに入っていった。

志穂は呆然と立ちすくんでいた。

髪結いの亭主だ。

おそらく理恵は亭主がどんなに凶暴な男か知らずにいる。ましてや亭主が女嫌いだなどと夢にも思ったことはないだろう。

相沢は心の底では女を嫌いながら、その女をあやして養ってもらい、毎日を遊び暮らしているのだ……

——あいつが犯人だ。

ふいにそんな確信が胸をついた。

体が震えた。

とうとう自分は真犯人にぶつかったのだとそう考えていた。

危険なデート

1

翌々日、金曜日……

特被室（特別被害者部室）に鑑識からの報告が届いた。

相沢がパチンコ台に残した吸殻を鑑識に送った。フィルターに付着した唾液から、血液型を鑑定するのを依頼した。

その結果を記した報告書だった。

志穂は報告書を読んで、

「…………」

身震いするのを覚えた。

相沢の血液型はB型分泌型だ。

深山律子のコートに残された精液、清原静江の爪に残された血液型と一致している。

もちろん日本人の男性にB型分泌型は数多くいる。血液型が一致するからといって、それだけで相沢を犯人と断定することはできない。

たんに犯人である可能性を排除しないというだけのことだ。

しかし——

それでも、相沢が犯人ではないか、という推理を裏づけてくれるだけの材料にはなる。

タバコに残された相沢の指紋を、現場から採取した指紋と照合することも依頼したのだが、こちらのほうはかんばしい結果が出ていない。

品川駅の橋上トイレ、第二ホームトイレ、その双方の現場から採取された指紋は、ほとんど無数にあるといっていいほどだ。

人員のかぎられた鑑識では、なかなか採取した指紋を整理しきれずにいる。

警視庁に保管されている指紋原紙とのコンピュータ照合も、いまのところ、これといった成果はあがっていないらしい。

清原静江を殴るのに使われた石に、期待が寄せられたのだが、残念ながら、こちらからは指紋が検出されなかった。

「犯人は手袋を塡めていたか、そうでなければ何かハンカチのようなもので石をくるんで、清原静江を殴りつけたらしい――」

袴田にも鑑識から報告書が届いていた。老眼鏡をかけて、それを読みながら、ボソボソといった。

「なんとなく釈然としないよな。この犯人はずいぶん無造作なところと周到なところがごっちゃになっている」

「袴田さんには鑑識からどんな報告が届いたの？」

「なに、どうってことはない。キヨスクの配送アルバイトの夕張って若者な。おれのシャープペンシルに触ったんで念のために指紋を照合してもらったんだよ」

「それで？」

「相沢と同じだよ。結果は出なかった。なんか妙なものが付着していたとさ」

「妙なもの？」

ああ、と袴田はうなずいて、報告書に目を寄せた。

「パラベン、カオリン、タルク、それに、ええと、マイカだってさ」

「何、それ？」

「さあな」

袴田は首をかしげて、もう一度、報告書を読んだ。

「なんでもマイカは雲母のことらしい。タルクは滑石、カオリンは粘土だ。それに絵の具のようなものもついていた……」

「パラベンとかは？」

「さあ、何も書いてないな」

「夕張という人は司法試験をめざしているんでしょ？　わからないわ。美術の趣味でもあるのかしら」

「おれが知るわけがない。べつだん鑑識も興味は持っていないらしい。興味があればもう少しきちんと分析するだろうからな。どうってことはないだろう――」

袴田は老眼鏡を外して、

「それより相沢の血液型がB型分泌型だというのは気になるな」

「奥さんが働いているから、いつも遊んでるようなものなんだけどね。それでも奥さんに遠慮してふだんは夕方まで家から出ない。火曜日だけは朝から堂々と外出しているらしいのよ」

「火曜日に暇のある男か」

「山手線で若い女にいたずらして殺すだけの暇もあるということだわ」

「たしかに符合するところはあるな」

袴田は考え込んだ。

電話が鳴った。

今日は特被室には志穂たちしかいない。

いつも電話をとる柳瀬君江もたまたま外出している。

袴田が電話をとって、はい、特被室、と答えた。

「ああ、これはどうも恐縮です――」

愛想よく応じたが、ふいにその顔が引きしまった。

「はい？」

そのままジッと相手の話を聞いている。手だけを動かし、メモをつづけていた。

話はかなり長かった。

袴田は相手に礼をいい、電話を切って、志穂の顔を見つめた。

「もしかしたら、これはほんとうにヒョウタンから駒かもしれないぜ」

真剣な顔になっていた。

「どういうこと？」

「いや、相沢があんたのいうような男だったら、これまでにもなにか面倒を起こしてるんじゃないかと思ってな。さっき大崎玉通りを管轄にしている交番に相沢のことを問いあわせてみたんだよ」

「それで？」

志穂も真剣になった。

「去年の十月のことらしいんだが。相沢が若い女を殴りつけて怪我をさせたことがあるというんだ――」

「………………」

「相手はタイ人だかフィリピン人だかのバーのホステスらしいんだが、夜、道を歩いている相沢に声をかけたら、いきなり殴りつけられたというんだよ」

「わからないわ。どういうこと？」

「その女は売春をやっていたらしい。プロということじゃなくて、まあ、セミプロということなんだろう。道で男に声をかけて、交渉が成立したら、そのままホテルにしけこむという段取りだ。その夜も客を探していて、たまたま通りかかった相沢に声をかけたら、いきなり殴りつけられた。女は鼻の骨を折られている」

「ひどい。どうしてそんな……」

「相沢は不潔だからだとそういったらしい。娼婦に声をかけられてカッとしたというんだ。不潔なのが我慢できなかったと交番の巡査にそう証言したらしい」

「………」

「女のほうにも売春をしていたという弱みがある。ビザにも問題があったらしい。相沢がその場でいくらかカネを払って、それで女は泣き寝入りしたというんだが」

　袴田は顔をしかめていた。

「あんなひどい男はいないって、巡査は女のほうに同情していたよ。あんなふうに女を殴りつけるなんて人間じゃない。狂犬だってそう憤慨してた」

「………」

　志穂はカラオケ・パブで女の子をいじめていた相沢の姿を思いだしていた。

　凶暴で、陰湿だ。

　美容院を経営している妻に頼って徒食しているという劣等感がこうじて女嫌いになったのか。それともそもそも女を軽蔑し嫌悪している男だから、あんなふうにして愛してもいない妻に平然と寄食できるのか。

その巡査の言葉は正しい。

相沢という男は狂犬だ。

このまま放っておけば、ますます泣き寝入りする女が増えるばかりだ。

「それからな――」

袴田の声が興奮に震えた。

「本部のほうに犯行前に電車で痴漢を目撃したという女から電話があったんだそうだ。名前は名乗らなかったらしい」

「五反田の駅員に痴漢のことを訴えたという中年女性かしら？」

「本部ではその可能性が高いとそう考えているらしい。名前をいわなかったのは巻き添えになりたくなかったからだろう。たんなる痴漢ならともかくこいつは殺人事件だからな。それで女はその痴漢の容貌を告げたらしいんだが」

「………」

「そんなに若くはないが中年でもない。眼鏡をかけ、痩せて、背が高い。髪はやや長めとそんなことをいったらしい。相沢という男の特徴と一致するんじゃないか」

「一致するなんてもんじゃない。ぴったりだわ」

志穂は呆然とした。

「それからこいつは痴漢の服装だ――」

袴田はメモに視線を落とし、

「革のコートに赤っぽいセーター、こいつに心当たりはあるか？」

「相沢は革のハーフコートに、臙脂色のセーターを着ていたわ」

志穂は席を立った。自分でも顔がこわばっているのがわかった。

「わたし、もう一度、相沢のことを調べてみる」

今日はもう金曜日だ。

火曜日はまたすぐに巡ってくる。

ぐずぐずしてはいられない。

そんな焼かれるような焦燥感に駆りたてられていた。

「おれも本庁の井原に相沢のことを話してみるよ。犯人かどうかはともかくとしてこんな野郎は野放しにしておけない」

袴田も電話に手を伸ばした。


大崎駅に降りた。

今日も吹きっさらしの山手線ホームに風が冷たい。

キヨスクの女性に、

「この人に見覚えはありませんか」

相沢の写真コピーを見せた。

玉通り商店街では、毎年、町内で上野に花見に行くことになっている。そのときの記念写真を、民生委員をしている人から借り、相沢の姿だけを拡大コピーした。鮮明とはいえないコピーだが、なんとか相沢の顔だちだけは見てとることができる。

「さあ、覚えがないねえ。なにしろ一日に何百人と相手をする商売だからね。いちいち覚えてはいられないよ――」

そう女性が首を振ったのにもそんなに落胆はしなかった。

念のためにと思って見せただけだ。

もともと相沢が清原静江の身辺をうろついていたとは考えていない。駅からの電話を受けたのが相沢自身なのだから、あの日、おばさんが相沢の姿を目撃していたら、かえって話のつじつまが合わなくなってしまう。

「そういえば清原静江さんはあの日、なにを買ったんでしたっけ?」

ふと思いたってそのことを尋ねた。

「ウエットティッシュだよ。知ってるだろ、濡れたティッシュ――」

「ウエットティッシュ？　そんなものがどうして必要だったのかしら？」

「さあ、電話をかけるのに小銭が必要だったんじゃないかね。いま思いだしたんだけど、そこの水飲み場でハンカチを濡らしていたみたいだから、なにか服の汚れでも拭きとるつもりだったんじゃない。わたしは配送の男の子と話をしてて、あんまりあの娘さんに注意していなかったもんだから」

「配送の男の子って、夕張さんていう人でしょう？　たしか若いのにもう結婚なさってるんですよね」

「そうそう、夕張くん。結婚している人をつかまえて男の子はおかしいか。まあ、わたしぐらいの歳になると、ほとんどの男は男の子になっちゃうんだけど。新婚で仲がいいから、なおさらなんだろうけど、しょっちゅう夫婦喧嘩してるんだってさ。わたしも亭主に負けていないほうだから、夕張くんと会えば決まって夫婦喧嘩の話になるんだ」

　おばさんは楽しそうだった。

「取っ組みあいの喧嘩をすることもあるっていってたっけ。あんなにおとなしそうに見えて、やっぱり夫婦となると、話はべつなのかね？　奥さんにちょうどいい仕事があってよかったねって、わたしはそういってやったんだけど」

「どうもお忙しいところ申し訳ありませんでした。ありがとうございます」

慌てて女性の言葉をさえぎり、礼をいって、キヨスクを離れた。

いまは夫婦喧嘩を話題にし雑談などをしている余分な時間はない。

駅を出て玉通りに急いだ。

「相沢理恵美容室」はよく流行《はや》る美容室らしい。

外から覗き込んだかぎりでは、客がいっぱいだった。

女の子たちに混じって、理恵も忙しげに動いていたが、相沢の姿は見えない。

できるだけ、そんなことをするのは避けたいが、捜査員たちが美容院に踏み込んで、相沢を逮捕することになるかもしれない。

そのときのためにほかの出口も確認しておいたほうがいい。

細い路地を入って、美容院の裏手に回ってみた。

そこに裏口がある。

ゴミのポリバケツがあり、空になった化粧品の容器を入れたダンボールの箱が積みあげられていた。

一台の自転車が壁にたてかけられていた。

よく使いこまれた古い自転車だ。

相沢理恵は丸々と太っていて、自転車に乗っている姿など想像できない。自転車を使うとしたら相沢か、そうでなければ店の女の子たちだろう。

「………」

志穂は眉をひそめた。

清原静江が殺害されたあと、犯人がどうやって現場から離れたのか、それが問題になったことを思いだしたのだ。

犯人は現場のすぐ近くに住んでいて、自転車で逃げたとしたらどうだろう？

品川駅・橋上トイレ、第二ホームトイレでの事件と、大崎駅近くの公園での事件とは、微妙に犯罪の性質が異なっている。

前二件では、被害者は電車で痴漢にあい、そのあと駅で殺害された。清原静江の場合にかぎっては、本人が大崎駅から「相沢理恵美容室」に電話を入れ、駅に隣接する公園で奇禍にあっている。

これをどう考えるべきか？

相沢は定休日の火曜にはいつも朝から外出しているという。前二件では、山手線に乗って獲物を物色し、ことに及んだのが、清原静江の場合は、たまたま外出が遅れたということなのだろうか。

志穂もそのあたりのことはまだ整理がしきれていない。

が、いずれにせよ、大崎の公園から犯人がなんらかの手段で逃走したのは確かなことなのだ。

あれほど大規模な聞き込みが展開されたのに、いまにいたるまで有力な目撃証言が得られていない。

それはつまり犯人の逃走方法が、よほど捜査員たちの盲点をつくものだったからではないか。

——犯人は近所の人間で、しかも自転車で逃走した……

志穂はそう考え、そして相沢が臙脂色のセーターを着ていたことを思いだした。

被害者の返り血がついていたとしても、臙脂色のセーターなら、血痕が人目につくことはない。

「…………」

あらためて自転車を見なおした。

いわゆるママチャリだ。ハンドルの下に籠がついている。

その籠の底にボロ切れが突っ込まれてあった。

手袋を塡め、そのボロ切れを調べた。

よほど目を凝らさないとわからない。

が、そのボロ切れの一端にかすかにしみがこびりついていた。

血痕、のようだ。

袴田は何といったのだったか？

――犯人は手袋を塡めていたか、そうでなければ何かハンカチのようなもので石をくるんで、清原静江を殴りつけたらしい……

ざわっと体毛が逆立つような興奮を覚えていた。

志穂はついに物証を得たのだった。

2

土曜日、午後八時……

所轄署の本部に「山手線連続通り魔殺人事件」の専従捜査員たちが集まっていた。

聞き込みから帰っていない者も何人かいて総勢二十数名というところだ。

捜査本部長、本庁一課、鑑識課の係長、井原主任、それに「本部事件係」検事の那矢などが顔をそろえている。

特別被害者部からは志穂、袴田のふたりが出席しているが、例によって、隅のほうで肩身の狭い思いをさせられている。

捜査員たちが緊張した面持ちでいるのは今度こそ真犯人《ホンボシ》に行き当たったという確かな感触を得ているからだろう。

「……相沢の血液型はB型分泌型、妻が美容院を経営していて、本人も朝から完全に休みがとれるのは火曜日だけだ。つまり、どうして山手線通り魔が火曜日に犯行を重ねるのか、このことをもってして説明できるというわけだ――」

話をしているのは井原主任だ。

「さっきもいったように相沢には女に暴力を働いたという前歴がある。それもこれまでにわかっているかぎり三件。去年、タイ人ホステスを殴りつけたときには、女は鼻の骨を折っている。凶暴な男だ。タイ人ホステスにかぎらず、三件とも被害者の女性が告訴をしていないので、いずれも事件となるまでにはいたっていない」

「どうしてほかの二件も被害者が告訴していないのですか」

刑事のひとりが尋ねた。

「一件はやはり街の娼婦だったらしい。街角で声をかけて、相沢に殴られている。告訴しようにもできない立場だ。もう一件は、三年ほどまえ、相沢が同棲していた女で、半殺しといっていい目にあっている。肋骨を折られたというんだからひどい話だ。この女の場合、相沢を告訴するように、担当の刑事が強く説得したというんだが、ついに応じようとしなかった。女は怯えきっていた。そんなことをしようものなら相沢にどんなひどい目にあわされるかわかったもんじゃない。そういうことらしい」

井原はそこまで話し、本庁鑑識係長のほうに目を向けた。

鑑識係長はうなずいて、

「美容院から押収された布切れに付着していた血痕は、被害者、清原静江の血液型と一致しました。ちなみに清原静江はＡＢ型非分泌型であります。ご存知のように、非分泌型は日本人のわずか二十パーセントを占めるだけであり、これからしても布切れに付着していた血痕が被害者のものである可能性はかなり高いものと思われます――」

「…………」

本部捜査員たちがどよめいた。

そのどよめきを抑えるように、しかし、と那矢検事が声を張りあげた。

「しかし可能性が高いというだけで、もちろん、これを被害者のものと特定することはできない。日本人の二十パーセントだ。決して少ない数ではない。ＡＢ型非分泌型の血液型を持つ人間は、それこそごまんといる。それに残念ながら、この布切れに付着していた血痕は、証拠としては、法廷で認められないかもしれない——」

「…………」

捜査員たちは一様にけげんそうな表情になった。

「やむをえない事情からとはいえ、北見捜査官は令状なしに、布切れを押収した。しかも北見捜査官は令状を請求する資格を持たない司法巡査にすぎない。北見捜査官は、刑事訴訟規則にのっとり、司法警察員を通じて、捜索、差押えの令状を請求し、しかるべきのちにこれを押収すべきだった。捜査官は、遺憾ながら、その手続きを怠ってしまったのだ。法廷がこれを証拠として受理するかどうかははなはだ疑問といわなければならない」

「…………」

捜査員たちの視線を一身にあびて志穂は身をすくめている。

証拠物件の押収に関しては、本庁で講義を受けているはずなのだが、ついうっかりその手続きを怠ってしまった。

思いがけなく血痕を見つけた興奮もあったろうし、たかが布切れ一枚という安易な気持ちがあったことも否めない。

が、もちろん布切れ一枚とはいえ、それが他人の所有物であるかぎり、事前に令状を請求すべきだったのだ。

そうでないかぎり、どんなものも法廷では証拠となりえない。

刑事訴訟規則にはどんな例外も認められないのだった。

ただでさえ那矢検事は囮捜査に反対している急先鋒なのだ。どんな叱責を受けることになるかと思うと、生きた心地がしなかった。

しかし……

「もっとも、たかが布切れ一枚だ。おそらく令状を請求すれば、相沢はこれを消去してしまったにちがいない。さっきもいったように、これはやむをえない事情だったと考えるべきだろう」

意外にも那矢検事は志穂をかばった。

「いずれにしろ現時点で相沢が最有力被疑者であることは間違いない。本来なら、暴行を受けた被害者に告訴させ、相沢の身柄を拘束すべきところであるが、井原主任から説明があったように、被害者たちに告訴の意思はないものと見なければならない」

「…………」

志穂はこの那矢という検事を見なおすつもりになっている。

法律に生きる人間として、あくまでも囮捜査には反対しているが、それはそれとして、志穂の功績は評価すべきだと考えているのだろう。

人間として好きになれない男だが、検事として公正であろうとしていることだけは認めなければならない。

「それでは任意捜査の可能性はどうか？　電車で目撃された痴漢像と相沢の容姿は完全に一致するが、これも目撃者を特定できないかぎり、法廷には出せない。三件の暴行事件をことごとく逃れていることからも相沢はかなりしたたかな男と見なすべきだろう。相沢が素直に出頭要請に応じればいいが、これを拒否されれば、残念ながら、われわれのほうに強制捜査に踏み切るだけの材料はない。かえって相沢に証拠を隠滅する機会を与えてやるだけのことになってしまう」

那矢検事の喉仏がごくりと上下した。その顔には怒りとも悔しさともつかない複雑な表情が滲んでいた。

「つまり、われわれに相沢を逮捕する可能性があるとしたら、それは現行犯逮捕に求めるしかないわけだ。火曜日になるのを待っているわけにはいかない。囮捜査を決行する。捜査員各自は特別被害者部への全面協力に努めてもらいたい」

3

月曜日は雨になった。
暗くなって急速に冷え込んだ。
あるいは雪に変わるかとも思われたが、九時を過ぎても冷たい雨が降りつづけていた。
大崎駅の近くに一台のパトカーがとまっている。
もちろんヘッドライトもついていないし、ルームライトもともされていない。
志穂たちはそのなかで待機していた。
九時三十分、
「相沢理恵が外出しました。現在は相沢ひとりが自宅に残っています」
「相沢理恵美容室」を張り込んでいる刑事からそう無線連絡があった。
「了解――」
応答した刑事の声は力強かった。
毎週、定休日の前夜、理恵は夫を家に残して外出する。近所の主婦と連れだってカラオケ・ボックスで深夜まで遊ぶのが習慣になっているのだ。一週間に一度のうさ晴らしということだろう。

そのことはあらかじめ確認されていたことだが、やはり実際に理恵が外出するまでは、ほんとうに相沢がひとりになるかどうか、捜査員たちは不安を隠せずにいたのだ。

「よし、始めるぜ」

袴田が携帯電話のナンバーを押し、電話が通じたのを確かめてから、それを志穂に渡した。

志穂は携帯電話を耳に当てた。

「はい」

聞き覚えのある声が出た。

相沢の声だ。

「あ、あのう『相沢理恵美容室』ですか。わたし、大崎の駅でおたくの広告を見た者なんですけど――」

つくり声でいった。

「あのう、遅いのはわかっているんですが、これからカットとシャンプーをお願いできないでしょうか。ちょっと事情があって、どうしてもこれからお願いしたいんです」

「もう閉店してるんですけどねえ」

相沢の声は無愛想だった。

「あ、そうだとは思いますけど、ほんとうに事情があるんです。なんとかお願いできないでしょうか。あのう、それで、わたし、おたくにうかがうのは初めてなんで、道がよくわからないんですけど」

志穂は祈るような思いになっている。自然に演技に熱がこもった。

スロープをえがいて陸橋がある。陸橋はうえの道路につづいている。道路は交通量が多く、タイヤの擦過音が小刻みに震動し、ひっきりなしにフォーンが聞こえていた。

しかし、ここは静かだ。

そして暗い。

支柱からしたたる雨もひっそりと音をたてない。

志穂は陸橋の下にたたずんでいた。

相沢を待っている。

この闇のなかのどこかに十数人の刑事たちがひそんでいる。

少なくとも三百メートルは離れろ、という指示が出ている。公園から離れてそこかしこに刑事たちはひそんでいた。

どんなに視線を凝らしてもどこに刑事たちがひそんでいるのか見ることはできない。

相沢はしたたかな男だ。

すこしでも不審な人影を見かけたら、志穂のことを囮だと気がつくかもしれない。

相沢に近づいてはいけない。

ぎりぎり土壇場になるまで持ち場を飛びだしてはいけない。

そうでなければ現行犯逮捕などできない。

——犯行現場と逮捕現場が一致し、しかも犯罪が逮捕者の目前で行われているために犯罪と犯人についての関連が明白である。

これが現行犯逮捕の条件なのだ。

囮捜査の場合は、被疑者に犯罪を行わせて、しかもそれを成就させるまえに、逮捕に踏み切らなければならない。それに、囮捜査が被疑者の犯行を誘発させる、などということがあってはならない。あくまでも被疑者みずからの犯意による行為でなければならないのだった。

そのみきわめのタイミングが難しい。

心細かった。

自分がひとりで殺人犯と対峙しているような強烈な不安感を覚える。

ショルダーバッグのなかにワイヤレスの小型マイクを隠している。

それだけが刑事たちと自分とをかろうじて結びつけていた。

「…………」

一瞬、体をこわばらせた。

公園の暗がりのなかに人影がうごめくのが見えたのだ。

しかし、ホームレスだ。

ぶあつく重ね着し、背中を丸めるようにして、のろのろと歩いていた。

雨にびしょ濡れになっていた。

この小公園でも何人かホームレスが暮らしているらしい。

雨が降ればどこかに消える。

志穂はそんなホームレスの境遇に同情の念を覚える。何とかならないものか、といつも考える。

が、いまは、一刻も早くどこかに立ち去ってもらいたい、とそう思う。

誰かほかに人がいれば相沢は志穂に近づいてこないかもしれない。

そのことが気がかりだった。

ホームレスが動いた。

気がついたときにはすぐ目のまえに飛び込んできていた。

ぶん、と音をたてて、男の右手が弧をえがいて頭上から落ちてきた。

とっさに体をひねった。

布にくるんだ石が肩をかすめた。ショルダーバッグをたたき落とした。

――マイクが壊れた！

頭のなかで悲痛な声をあげた。

男が、いや、相沢が、また右手を振りあげた。

布にくるんだ石が雨をはじいて闇のなかにおどった。

「おんなぁ、ぁが！」

相沢がわめいた。

恐怖にかられ、身がすくんだ。すくんだと思った。そうではなかった。訓練でつちかわれた体が反射的に動いていた。右手を振った。ブレスレットが手首から手のなかにするりと落ちてきた。それを握りしめ、拳を相沢のみぞおちにたたき込んだ。相沢がゲッと息をのんだ。腹を抱えて体をふたつに折った。そのあらわになった首筋に拳を振りおろそうとした。

が、相沢は凶暴で、喧嘩に慣れていた。ただ、やられるままにはなっていない。野獣のように敏捷《びんしょう》だった。体を曲げたまま肩から体当たりしてきた。体重差がありすぎた。志穂はあっけなく吹っ飛んでしまった。ぬかるみに足をとられ仰向けに転んでしまう。相沢が体のうえにのしかかってきた。

声をあげようとした。

その口を相沢が押さえた。

相沢の顔を見た。

嬉しそうに笑っていた。

雨が冷たい。

冷たくて、非情だ。

「やっぱりおまえか――」

相沢は囁いた。

「こんな見えすいた手に引っかかるかよ。おれを甘くみやがって。首の骨をへし折ってやらぁ」

首の骨をへし折る？　志穂の胸を違和感がかすめた。清原静江を石で殴りつけたのは相沢だ。しかし絞殺したのは相沢ではない。首を絞めるのはこの男のスタイルではない。そんな直観が走った。

相沢が首に手を伸ばしてきた。

どうして、こんなときにそんなことを思いついて、そんな底力が発揮できたのか、志穂にもわからないことだ。

相沢の手をつかんだ。そしてその手を自分の胸に導いたのだ。ピクン、と相沢の手が震えるのを感じた。しかし、かまわずその手を自分の胸に押しつけた。乳房が痛くなるほど押しつけた。

一瞬、相沢の体から力が抜けた。口を押さえていた手から力が抜けた。

「どうしたんだ、これが女なんだよ」

嘲笑してやった。

「おまえは女が怖いんだ。女が怖くて怖くてならないんだ。弱虫。女が嫌いなんじゃない。女が怖いんだ！」

「――――」

相沢の喉からヒュッと息が洩れた。あるいは悲鳴だったかもしれない。

そのとき、ふいに頭上から人影が落ちてきた。相沢の体をかすめた。がつん、と肉を打つ鈍い響きが聞こえてきた。相沢は悲鳴をあげた。人影と相沢はもつれあって泥のなかを転がった。

相沢のほうが立ちあがるのが早かった。立ちあがろうとした相手の胸に拳をたたき込んだ。人影はまた地面に倒れた。相沢はそのまま逃げだした。

ピーッ、という笛の音が響いてきた。

闇のなか、そこかしこから刑事たちが走ってくるのが見えた。

ヘッドライトがともった。

パトカーが走ってきた。

逃げる相沢をさえぎろうとした。

相沢はなにか叫んだ。

走るパトカーに突っ込んでいった。

パトカーは急ブレーキをかけた。

間にあわなかった。

相沢の体が撥ねあげられた。

ボンネットに弾んで、地面にたたきつけられた。

刑事たちが口々にわめいていた。

「救急車だ、救急車だ――」

ひときわ高くそう叫んでいるのは井原主任のようだ。

が、志穂はほとんどそのことに注意を払っていなかった。それどころではなかった。

自分を助けてくれたその人を急いで抱き起こした。

「乱暴にするなよ！」

袴田は悲鳴をあげた。

「足をくじいたんだ」

このぶんなら大丈夫だ。安心すると同時に猛烈に怒りが湧いてきた。

「なんてことするのよ。歳を考えたらどうなのよ。お爺さんのくせに。陸橋から飛びおりるなんて無茶できる歳じゃないでしょ」

「覚えてるか。いざというときには絶対に助けてやるとそういったろ」

そんな志穂に袴田はにやりと笑いかけてきた。

「おれは嘘はつかねえんだよ」

五反田駅

1

火曜日、午前九時二十分……

いつものように山手線五反田駅のホームは混雑していた。

五反田駅はJRと池上線の乗り換え駅である。ラッシュアワーのピークを過ぎても乗降客の人数は多かった。

田崎英子《たざきえいこ》もそのひとりだった。

これから品川のパート先に向かうところだ。

ホームの端に立ってぼんやりと五反田の風景を見つめていた。

考えているのは家族のことだ。

結婚して一年、もうそろそろ新婚気分も消えて、単調な毎日のいとなみが肩に重くのしかかってくるころだ。

夫に不満はない。

不満があるとすれば同居している姑のことだった。

結婚したときには、新居が見つかるまでしばらくの間という約束だったのに、いつのまにか姑と同居するのが既成事実のような雰囲気になっている。

姑は口うるさい人だ。

一緒に暮らしていると気の休まるときがない。それこそ箸の上げおろしまで監視されているような気分になってしまうのだ。

それほど生活が苦しいわけではないのにパートに出たのもそのせいだ。

しかし、いつまでも、その場しのぎでごまかして、現実から目をそらしているわけにはいかない。田崎英子にはこのままずるずる姑と同居するつもりはない。そのことをはっきり夫に告げなければならない。

夫は姑を愛している。

じつの母親だから、それも当然だとは思うが、結婚した以上、妻のほうに目を向けてもらいたい。

——お母さんとは一緒に暮らせない。

そう告げるつもりだが、そのタイミングがむずかしい。

——いつ、どんなふうにそのことをいったらいいだろう?

そのことを思い悩んでいた。

朝、起きたときから、ずっとそのことばかりを考えていた。

電車がホームに入ってきた。

ホームの端から下がろうとした。

が、だれかに尻を押されて、逆に、体は前につんのめっている。

体が浮いた。

線路に落ちていった。

一瞬のことだ。

自分ではそのことに気がついてもいなかった。

電車の急ブレーキの音が響いた。

田崎英子は死んだが、死ぬ寸前まで考えていたのは、姑と別居したいのを夫にどう告げたらいいか、そのことばかりだった。

木曜日、午後……

早いものだ。

相沢が逮捕されたのは月曜の夜、あれからすでに三日が過ぎた。

相沢はパトカーにはねられたが命に別状はなかった。

全身打撲で、さすがにその夜は高熱に苦しんだが、昨日《きのう》あたりからその熱も引いて、食欲も出ているという。

警察病院で、医師立ち会いのもとに、かんたんな取り調べが行われた。

志穂はその供述書を読ませてもらった。

相沢は清原静江を石で殴打したことは認めている。

――火曜日は休みだといっているのに、あの女はしつこくシャンプーとカットをしてくれと頼んできた。人の都合を考えない自分勝手な女だと思って腹がたった。あんな女は一度ガツンという目にあわせてやらなければくせになる。女という奴はみんなそうだ。殴りつけるのが一番いい。本当だぜ。すぐに電話をかけなおしてきて、道がわからないというので、あの公園で待ち合わせをした。自転車で行って、石で殴りつけてやった。死ぬほどひどく殴りつけた覚えはないし、事実、自分が公園を離れたときには、あの女は死んでいなかった。おれは真実だけを述べている。冗談じゃない。なんでおれが女を絞め殺さなけりゃならないんだ？　おれはあの女の首を絞めていないし、ましてや髪を切ったりなんかしない。そうでなくても女の髪にはうんざりしているんだ。ほかのふたりの女？　そんなもの知るか。女の首を絞めたことなど一度もない。あんたたちは、おれに何もかもおっかぶせようとしているらしいが、そうはいかない。あんたたちがそのつもりならおれは黙秘するだけのことだ。

相沢は、大体、こんな趣旨のことを供述したらしい。

これを読むかぎりでは、相沢が凶暴で、女を嫌悪している男だ、という志穂の分析はおおむね的を射ていたことになる。

しかし、どうやら、あのときに志穂が感じた、相沢は女の首を絞めて殺すタイプの男ではない、という直観も的外れではなかったようだ。

自分で供述しているように、相沢は清原静江を殴りつけはしたが、締め殺してはいないのではないか？

担当の捜査員はいずれ全面自供に追い込む自信があるようだが、冤罪《えんざい》をつくってしまうのではないだろうか。志穂はむしろそのことを危惧していた。

袴田は思いのほか、足の捻挫の治療が長びいて、いまだに入院している。

こんなことを相談できる相手は、ほかには部長の遠藤慎一郎ぐらいしかいない。

今日、木曜日——

遠藤が、労をねぎらうということで、志穂を日比谷のフレンチ・レストランに招待してくれた。

その席で思い切って自分の疑問を遠藤にぶつけてみた。

「相沢は行為におよばない強姦者だと思います。強姦者は、自分の力が被害者にまさっているのが明らかであるにもかかわらず、女性に攻撃を加えずにはいられません。殴打するなどの暴力をふるうのです。これには、女性に対する憎悪、社会に対する敵意、様々な理由が考えられますが、要するに性的倒錯のあらわれと考えていいでしょう」

言葉を選んで、考え考えしながら、ゆっくりとしゃべった。

「…………」

遠藤はわずかに首を傾げるようにして話を聞いている。その端整な顔にはどんな感情もあらわれてはいなかった。

「電車での痴漢行為はそうではありません。犯罪心理学でいう〝婦女汚し〟に当たる行為です。被害者の背後に密着し、代償的な性交を遂行し、ああ、そのう――」

　さすがに遠藤をまえにしてその言葉を口にするのはためらわれたが、自分は囮捜査官なのだと意を決して、

「射精する。つまり、これは性器露出、広い意味での強制わいせつ、フェティシズムなどに当たる行為でしょう。たしかに被害者に対して心理的な苦痛を与えるという加虐的な側面はあるでしょうが、それが第一義の目的ではありません。あくまでも性的な満足を得るのが目的なのです」

「つまり、きみは――」

　遠藤は興味深げに志穂を見ながら、

「相沢が電車で痴漢を働いたとは思えないとそういうのか」

「ええ」

「女たちを絞殺した人間はべつにいる？」

「そう思います」

「捜査本部は喜ばないよ。彼らは犯人を捕らえたと思い込んでいる。きみは刑事たちから嫌われることになる」

「覚悟しています」

それならいいだろう、と遠藤は穏やかに微笑して、

「思ったとおりにやるんだな。特別被害者部は全面的にきみをバックアップする」

「ありがとうございます」

志穂は嬉しかった。

ウエイターがコーヒーを運んできた。

こんなに美味しいフランス料理は食べたことがない。本気でそう思っていた。

2

本庁に電話を入れ、捜査一課六係の井原主任を呼びだしてもらった。

渋るかと思ったのだが、会いたい、という志穂の申し出に、あっさり応じた。

ただ待ちあわせの場所に妙なところを指定してきた。

山手線五反田駅ホームまで来てくれないかというのだ。

「どうして、そんなところで？　わたし、いま日比谷にいるんですよ。警視庁からはすぐ近くなのに」

「いいからいいから」

四時に待ちあわせした。

ラッシュにはまだ間がある。

それでも五反田の駅は電車を乗り降りする人たちでごった返していた。

そんなホームのベンチに井原はぽつねんとすわっていた。

「はい、これ」

自販機で買った缶コーヒーを渡してやると照れたように笑った。

意外にかわいい笑顔だった。

最初は、井原のことを特別被害者部を目のかたきにする嫌な刑事だと考えていた。

しかし、そのうちに、ただ仕事に忠実なだけの刑事なのだということがわかってきた。犯人を追うのに邁進《まいしん》するあまり、人の気持ちなど考えていられなくなる。個人としての井原はけっして悪い人間ではなかった。

優秀な刑事が同時に人当たりのいい人間であることは難しい。

意外だったのだが、井原も、相沢は一連の事件とは無関係なのではないか、という感触を得ているようだ。

ただ、相沢を尋問しているのは、おなじ一課の四係の主任であり、井原もその同僚に遠慮せざるをえないところがあるらしい。

「相沢が電車のなかから女を追って、その首を絞めるようなタイプじゃない、というあんたの説にはおれも賛成だ。あいつだったらただ単純に女をぶちのめしているだろう。清原静江を殴りつけたのは、たしかにあいつのやったことだが、女の首は絞めていない。おれもそう思うよ」

「相沢の部屋から檜垣恵子、深山律子のスカートは発見されなかったのでしょう？」

「ああ」

井原は憂鬱そうだった。

「相沢が犯人だとしたら、檜垣恵子、深山律子のふたりがどうして品川駅でおめおめと殺されたか、という疑問が残るんです。男の井原さんにはわからないかもしれませんけど、相沢には本能的に女の嫌悪感を誘うようなところがあります。女には女嫌いがわかるんですよ。あんな相沢のような男に電車でいたずらされ、しかもそいつが自分のあとを追って、駅に降りてくれば、そのことに気がつかない女はいません」

「…………」

「どうして電車で痴漢にあった女たちが、駅で不用心に犯人を近づけるようなことをしたのか？　わたしはそれがこの事件の最大の謎だと思っています。相沢を真犯人だと考えると、そのことがすこしも解決されないんです」

志穂は勢い込んで、

「それに、どうして清原静江の髪の毛が切られていたか、という疑問も残ります。大崎駅に途中下車したのは痴漢に耐えかねたからだと考えれば納得できます。でも、どうして通学の途中に、美容院に行こうとしたのか、そのわけがわかりません。女だったら火曜日に美容院が休みだということぐらいは知っています。それなのにあえて『相沢理恵美容室』に電話をかけて、予約を入れようとした……それがどうしてもわからないのです」

「どうして清原静江が美容院に行こうとしたのかはわからないんだがな。相沢が女の髪の毛を切ったのは、自分が女房の美容院の稼ぎで食っていることに強いコンプレックスを持っていたからじゃないか？　相沢を調べている主任刑事はそんなふうに考えているみたいだぜ」

「井原さんはその説に賛成なんですか」

いや、と井原は首を振って、

「おれが相沢は犯人じゃない、とそう考えている最大の理由は、あいつの手に傷痕が残っていないからなんだよ。覚えているか？　清原静江の爪には犯人のものと思われる血痕がこびりついていた。清原静江は死ぬまぎわにそうとう強く犯人の手を引っ掻いているに違いないんだ。それなのに相沢の手には傷痕なんかこれっぽっちも残っていない。こいつはどう考えてもおかしな話じゃないか」

「おかしい」

「そうだろう、あんたもそう思うだろ？」

「そのことを主張すればいいのに」

「したんだけどな」

井原はまた憂鬱そうな顔になり、

「相沢を逮捕した翌日の火曜日には、現に、どんな事件も起こっていないじゃないか、そう反論されると、おれも何もいえなくなってしまうんだよ。それが相沢が犯人であるなによりの証拠じゃないか、といわれれば、まあ、それはそのとおりなんでね──」

「…………」

「いや、山手線で何も起こらなかったわけじゃないんだぜ。火曜日、この五反田駅で若い女がひとり死んでるんだ」

「え？」

驚いてまわりを見まわした。

そんな話は聞いていない。新聞でもテレビのニュースでも報じられていない。

「といってもホームから線路に落ちて渋谷方面からの電車に轢《ひ》かれて死んでるんだけどな。新聞にも載らなかったんじゃないかな。朝の九時ごろで山手線のホームは混みあっていた。事故とも自殺ともはっきりしないんだ。女は二十五歳、結婚して一年の主婦で、田崎英子。品川だかどこかにあるレストランでレジのパートをしていた。出勤途中で死んだわけだが、所轄が調べたかぎりでは家庭も円満で、自殺しなければならない理由はない。もちろん殺される理由もない。まあ、そんなこんなで、人ごみに押されて、ついホームから足を滑らせたんじゃないか、とそう判断されたらしいんだがな」

首を傾げた。

「ホームから落ちて死んだ」

これまで三人の被害者はいずれも首を絞められて死んでいる。

犯人は女が死んでいくのをまざまざと自分の手で感じとっているわけだ。女を殺すのが目的ではなく、その行為自体が目的になっていると見なすべきだろう。

その直前に痴漢行為を働いていることを考えあわせれば、非常にゆがんだ形ではあるが、そこにはなんらかの性的な衝動のようなものが感じられる。

そのことを思えば、被害者を線路に突き落として殺す、というのは、あまりに即物的で、そのどこにも性的な要素がないのが不自然だった。

「井原さんはその事件が一連の事件と何か関係があると考えているのですか」

いや、と井原は首を振って、

「火曜日に何も事件は起こらなかったじゃないか、といわれれば、そんなことはない、こんな事件があった、と反論するだけのことでね。じつのところ無関係だと思っている。それというのも、被害者の何というか、容貌がどうもしっくりこないんだよ」

「容貌？」

「ああ、これが田崎英子なんだがね」

井原は鞄から書類封筒を出し、なかから一枚の写真コピーを取り出した。

「…………」

田崎英子は丸顔の健康そうな女性だった。髪も短くしていて、ほとんど化粧らしい化粧もしていない。コピーからはよくわからないが、おそらくその体つきは小太りなのではないか。これまでの三人の被害者は、いずれもロングヘアで、細くしなやかな体つきをしていて、ピアスをしていた。田崎英子は明らかに犯人の好みから外れていた。

「これは違いますね。無関係ですよ」

志穂は断定した。

「あんたもそう思うか。そうだろうな」

井原は憂鬱そうにうなずいて、

「おれも無関係だと思うんだが、ただ、鑑識の報告書でどうも気になるところがあってな——」

「気になるところ?」

「ああ、その封筒のなかに鑑識のコピーも入れておいたんだけどな」

「…………」

「電車に轢かれたにしては、田崎英子の遺体は、わりあい五体をとどめていたらしい。そのスカートの尻のあたりに人間の掌紋が残されていたというんだ。そんなにはっきりしたものではなかったらしいし、ホームは混み合っていたから、スカートにだれかの掌のあとが残っていたとしてもふしぎはない。ただ、その掌紋から、なにか顔料のようなものが検出されたというのが、おれにはなんとなく引っかかるんだよな」

「顔料?」

志穂は目を瞬かせた。

つい最近、どこかで似たような話を聞いた覚えがある。あれはどこでだれから聞かされたのだったか？

もどかしい。記憶の隅に引っかかっているのがわかるのに、どうしてもそれを思いだすことができないのだ。

「何といったかな？」

井原は手帳を繰って、

「ああ、これだ。カオリン、マイカ、タルク、これはみんな鉱物だ。それにオリーブ・オイル……パラベンというのは防腐剤らしい。つまり、これはみんなファンデーションの成分ということなんだけどな」

あっ、と声をあげて、志穂は思わずベンチから立ちあがっていた。

どこでそれを聞いたのか思いだしたのだ。

袴田だ。

たしか袴田が、キヨスク配送員の夕張の指紋を調べるために、シャープペンシルを鑑識に送ったとかいっていた。

そのシャープペンシルからやはりその成分が検出されたのではなかったか！

3

井原と別れてすぐに、駅構内にあるコーヒー・スタンドに入った。

そこから警察病院に入院している袴田のもとに電話を入れた。

呼びだしてもらってから、かなり時間がたった。

もう一度、電話をかけなおそうかと思いだしたときに、ようやく袴田が出た。

「おれだ」

「どうしたの？」

「何が？　電話をかけてきたのはそっちのほうだぜ」

「そうじゃなくて。呼びだしてもらってからずいぶん時間がかかったわ」

「なにしろ足を捻挫してるんだからな。歩くのもままならないのさ。眠れないんでな。看護師の控え室で睡眠薬をもらってた。やっぱり白衣の天使ってのはいいいな。そそられるものがある」

「いやらしい。孫みたいな女の子をつかまえて」

「孫みたいなはひどい。おれはこう見えてもまだ五十まえだぜ」

袴田は口調を変えて、

「どうした？　何かあったのか？」

「このまえ、キヨスクの配送アルバイトの人の指紋を取るというんで、シャープペンシルを本庁の鑑識に送ったでしょ？　結局、指紋は遺留指紋と合致しなかったみたいだけど、なにか絵の具みたいなものが検出された。覚えてる？」

「ああ、そんなことがあったな。それがどうかしたか？」

「そこに何か書くもの持ってる？」

「ああ、電話のメモがある」

「袴田さんから本庁の鑑識に連絡して欲しいのよ。用件はいまからいうからそこに書きとめて——」

志穂はゆっくりとした口調で、

「シャープペンシルから検出されたあの成分ね。あれを五反田駅で轢死《れきし》した田崎英子のスカートから検出されたものと照合するように依頼して欲しいの。所轄の鑑識に問いあわせれば成分のサンプルはすぐに取り寄せられると思うから。お願い、大事なことなの、大至急でやって欲しいのよ」

「五反田駅？　田崎英子？」

袴田は混乱したようだ。

「何のことだ、それは？　おれは何にもそんな話は聞いていないぞ」

「いまはくわしい話をしている暇はない。今夜、病院に行くわ。そのときにくわしい話を教えてあげる――」

おい、ちょっと待てよ、と袴田はわめいたが、かまわず電話を切った。

暇がないのはほんとうのことだ。

今日はもう木曜日、すでに次の火曜日が迫っている。なんとかその数日で真犯人を追いつめなければならないのだ。

「あら、また来たの？　犯人が捕まったからもう来ないと思っていたよ――」

キヨスクの女性は驚いたようだ。

「犯人が捕まってよかったね。おめでとう。テレビにニュースでやってたよ」

「まだ犯人と決まったわけじゃないんです。有力な容疑者であることは間違いないんですけど」

志穂は言葉を濁し、

「あの、ちょっとお聞きしたいことがあるんですが」

「どんなこと?」

女性はけげんそうだった。

犯人が捕まったのに何をこれ以上聞くことがあるのかと思ったのだろう。

「このまえ、配送アルバイトの男の子とよく夫婦喧嘩の話をするってそうおっしゃってましたね」

「そうだったかね」

「ええ。それで配送アルバイトの男の子に、奥さんにちょうどいい仕事があってよかったね、とそうおっしゃったそうですけど、あれはどんな意味なんでしょう?」

「ああ、あれね」

おばさんはなんでいまさらそんなことを聞くのかという顔をしながら、

「あの子はよく奥さんとつかみあいの喧嘩をするんだそうだよ。奥さんに引っ掻かれたりもするらしい。仲がいいから喧嘩するんだって、わたしはそういってやったんだけどね。あんたもそう思うだろう?」

「ええ、思います」

「ちょうどいい仕事というのはね。あの子の奥さんはどこかでアルバイトをしながら、メーク、ええと、メークなんたらの勉強をしてるんだってさ。ええと、メーク……」

「メークアップ・アーティストですか」

「そうそう、それ。ほら、夫婦喧嘩の引っ掻き傷なんてみっともないじゃないか。それで引っ掻き傷を隠すのに、奥さんにファンデーション、じゃなかった――ドーランか。ドーランを塗ってもらうんだってさ。あの子、すごい便利だって笑ってたよ。引っ掻いた傷なんかきれいに見えなくなるそうだよ」

おばさんは笑ったが、志穂は一緒になって笑えなかった。

礼をいってキヨスクから離れたが、おばさんが不審そうにしていたところを見ると、よほどこわばった顔をしていたのだろう。

袴田はベテランの刑事だ。

夕張の手に傷がないかどうか念のために調べるのを忘れなかった。ないと確認し、それきり袴田は夕張のことを思いだそうともしなかった。

おなじ失敗を志穂も犯していた。おばさんからその話を聞いていたのに、右から左に聞き流してしまっていた。夕張という配送アルバイトのことなどほとんど忘れていた。

「…………」

志穂は呆然と立ちつくした。

夕張の妻はメークアップ・アーティストを志していて、ドーランを持っている。夫婦喧嘩をして、つい引っ掻き傷をつくったときなどには、そのドーランで夫の傷を隠すのだという。

袴田は夕張の手に傷がないかどうか確かめているが、巧妙にドーランで隠されていて、それを確認することができなかった。

そして、今週の火曜日に、五反田駅ホームから線路に突き落とされて死んだ人妻のスカートからも、その同じ成分が検出されているのだという。

真犯人はすぐそこにいた。

真犯人

1

所轄に連絡し、聞き込みをした刑事に、夕張のことをあれこれ尋ねた。

夕張武史《たけし》、二十四歳。千葉・行徳《ぎょうとく》に実家があって、両親ともに健在だという。

各駅のキヨスクへの配送を業務にしているＪＲ＊＊物流には、火曜日と土曜日、週に二日、アルバイトで勤めている。

司法試験をめざして勉強しているということだ。

結婚して一年、妻の名は直美《なおみ》、近所の花屋でアルバイトをし、家計を支えている。

直美はメークアップ・アーティストをめざし、週に二回、新宿にあるファッション専門学校の夜間部に通っている。

蒲田のアパートに暮らしていて、その暮らしぶりはごくつましい。

要するに、どこにでもいる、けなげな若夫婦ということだろう。

夕張武史のアルバイトが火曜日と土曜日に定められているのは、火曜日には何誌もの週刊誌が発売され、土曜日には競馬新聞が発行されるからだ。

――週刊誌！

どうしてそのことに気がつかなかったのだろう？

火曜日に休むデパートがあるとか、美容院が休みとか、そんなことにばかり気をとられていて、週刊誌までは頭が回らなかった。

金曜日、夕方……

志穂は蒲田にある夕張夫婦のアパートまで行ってみた。

べつだん何か目的があって来たわけではない。

ただ、夕張武史が暮らしている部屋を自分の目で確かめてみたかっただけだ。

電柱のかげに身を隠し、ぼんやりたたずんでいた。

古い木造アパートだ。

　夕張夫婦の部屋は二階にある。

　窓にかかった花柄のカーテンだけが、そこが新婚夫婦の部屋であることを、かろうじて示していた。

　武史は留守のようだ。

　妻の直美ひとりが、七時過ぎにアパートに帰ってきた。

　スーパーのレジ袋を提げていて、いかにも共働きの若妻といった印象だ。

「………」

　志穂は息をのんだ。

　直美はロングヘアで、ほっそりとした体つきをしていて、ピアスをしていた。

　このときにはジーンズを穿いていたが、ミニスカートを穿けば、さぞかし可愛く似合うだろう。

　直美の容姿に、武史という若者の異性の好みがありありとあらわれていた。

　直美が部屋に消えたあとも、しばらく電柱のかげを動かなかった。いや、動けなかった。

　直美は週に二度、ファッション専門学校の夜間部に通っていて、メークアップ・アーティストをめざしている。

武史とはよく夫婦喧嘩をする。

ときには取っくみあいの派手な喧嘩もするらしいが、これはキヨスクの女性がいったように、それだけ仲がいいからと考えるべきだろう。

夫婦喧嘩をし、つい勢いあまって、夫の手や顔を引っ掻いたりもするらしい。そんなときには、学校で学んだ技術を駆使し、ドーランでその傷を隠すのだという。

袴田は武史にシャープペンシルを使わせて傷のありなしを確かめようとした。傷はないように見えたが、シャープペンシルにドーランが残された。

傷はあるのだ。

そう考えたほうがいい。

おそらく武史は見よう見まねで、妻のドーランを使って、手の引っ掻き傷を隠そうとしたのだ。

どうして手の引っ掻き傷を隠さなければならなかったのか？

もちろん、それが清原静江に引っ掻かれた傷痕だからだ。手に残された引っ掻き傷が、殺人の証拠になりかねないことを知っていたからなのだ……

2

土曜日・朝七時……

飯田橋のＪＲ＊＊物流を出た二トン・トラックが代々木駅に向かった。

運転手に、配送員ふたり。

そのうちのひとりが夕張武史だ。

特別被害者部のワゴンがそのあとを追う。

運転しているのは広瀬だ。

「見失わないでね」

志穂は気が気ではない。

「大丈夫だよ」

広瀬は運転には自信があるらしい。落ちついていた。

ふつう、車での追跡には、少なくとも三台の車を用意するというのが捜査の基本セオリーだが、この場合には、相手がどこに向かうのかわかっている。

志穂は心配のしすぎだった。実のところ見失う恐れはほとんどない。

夕張たちの班は、代々木駅から大崎駅の範囲を担当している。代々木、原宿、渋谷、恵比寿、目黒、五反田、大崎……その順番に、トラックを乗りつけて、荷物をおろし、配送員がキヨスクの売店まで運ぶ。

ひとつの駅にキヨスクは複数ある。ふたりの配送員が手分けして荷物を運ぶわけだ。追跡といっても、これは相手がどこに向かうのか、それを確かめるための追跡ではないのだ。

ただ、夕張たちが、各駅のキヨスクに配送するのに、どんな時間の経過をたどるのか、それを確認するためのものだった。

二十分ほどで代々木駅に着いた。

夕張と、もうひとりの配送員が、競馬新聞の束をかかえて、トラックから降りる。

広瀬もすぐ近くでワゴンをとめる。

志穂がワゴンを降りて、夕張のあとを追った。

もうひとりの配送員は、上下紺色の作業服を着ているが、夕張はただ上着を着ているだけだ。

改札は出入り自由らしい。

自動改札の横に人が通れるスペースが空いている。

駅員に声をかけることもせずに、そこを通りすぎていく。

駅員のほうも目を向けようともしない。

要するに、配送員の制服さえ着ていれば、駅では透明人間のように自由にふるまえるわけだ。

夕張が新聞の束を持って駅の階段をあがっていく。

駅には人があふれているが、だれひとりとして、夕張に注意を向ける人間はいない。

ホームに出た。

キヨスクの従業員に声をかけ、新聞の束を床におろした。

志穂はすぐそばに立って、何気ないふうをよそおって、その様子を見ている。

「…………」

衝動に似たものが胸をみまった。声をあげそうになるのを慌てて嚙み殺す。

新聞を束ねているのは、幅が一・五センチほどの、平べったい、プラスチックの紐のようなものだった。

清原静江の首からはプラスチックの繊維が検出されている。その首を絞めた紐はかなり幅の広いものだったということも確認されている。その紐がそこにあった。

それだけではない。

夕張は上着の胸ポケットからカッターを取り出すと、それで手際よく、新聞を束ねている紐を切り始めたのだ。

どうしてかはわからない。

が、犯人は清原静江の髪の毛をカッターで切断している。

それもかなりカッターを使いなれた人間らしいと推測されている。

夕張はカッターを自分の手のように楽々と使いこなしている。この手際なら、ほんの一分もあれば、女の髪の毛を切ることもできるだろう。

「…………」

作業を終え、階段に向かう夕張を追いながら、息がつまるような緊張を覚えていた。

二トン・トラックは、原宿、渋谷、恵比寿、目黒と駅を順にめぐった。

そのたびに同じ作業が繰り返される。

しかし、五反田駅では、もう夕張はトラックに戻ろうとはしなかった。

ひとり山手線に乗って、大崎駅に向かう。

志穂もワゴンに戻らずに、そのまま夕張のあとを追う。

このことはあらかじめ調べて、わかっていたことだった。

いわば想定内の行動だ。

広瀬に連絡する必要はない。

荷物がだいぶ減ってきて、もうひとりで運べるぐらいの量になっている。

こうなると、いちいちトラックに戻るのが面倒になるのだろう。

夕張は配送のあとのほうになると、電車に乗って、ひとりで作業をするのを好んでいるという。

土曜日だからだろう。電車は混んでいるというほどではない。

おそらく、これが土曜日ではなく、決まって火曜日に犯行を働く理由なのだ。土曜日の乗客の少ない電車で痴漢を働くのは難しい。

夕張は電車に乗り込むとすぐに、新聞の束を網棚に載せた。

制服の上着を脱いで、それも丸めて網棚のうえに載せる。

下にはVネックのセーターを着ていた。シャツの胸ポケットから眼鏡を取りだし、それをかける。

ほんの一駅だけだというのに、一般の乗客のように装うのは、それだけ夕張が若く見えっぱりだからだろう。

制服を脱いで、眼鏡をかけるだけで、こんなにも印象が変わって見えるものか。

志穂はそのことに驚いていた。

——そうか。

どうして、痴漢にあった女たちが、その痴漢が自分のあとを追って、駅に降りてくるのを、やすやすと近づけるようなことをしたのか？　志穂はいつもそのことを疑問に感じていた。

いま、その疑問が晴れた。

制服はそれを着る人間の印象を一変させてしまう。制服を着ている人間は、それだけで他人に絶対的な信頼感を与えてしまうものらしい。

人々の意識のなかには、制服を着ている人間は悪いことはしないという、根拠のない思い込みが植えつけられているのだ。

夕張は電車で移動するときには、制服を脱いで、眼鏡をかけている。配送アルバイトではない、まったくの別人として、痴漢行為を働くのだ。

そして、女性のあとを追って、電車を降りるときには、眼鏡を外し、ふたたび紺色の制服を着るのだろう。

そのうえ、週刊誌の束を運んでいるのだとしたら、どんなに用心深い女性でも、それが車内で痴漢を働いたのと同一人物だとは思わないのではないか。

配送員の制服を来た人間は駅ではいわば見えない人間だ。だれの注意もひかないし、駅員に咎《とが》められることもなく、改札を自由に行き来することができる。そのうえ人々に駅の関係者であるような信頼感を抱《いだ》かせるのだ。

——そういうことだったんだ。

志穂は胸のなかでひとりうなずいていた。

電車が大崎駅に着いて、夕張はホームに降りた。

志穂もそのあとを追う。

大崎駅はこれまでの駅とはうって変わって人の姿が少ない。

夕張はキヨスクに新聞を運んで、従業員の女性と楽しげに言葉をかわしている。

女性に姿を見られるのは避けなければならない。

柱のかげにひそんで、夕張の様子を見つめた。

ようやく夕張がキヨスクから離れた。

これで仕事は終わりだ。

大量に新聞を運んで、そのインクで手が汚れたのだろう。

夕張は水飲み場で手を洗い始めた。

「…………」

志穂はその姿をジッと凝視している。

手を洗う水がわずかに褐色に染まった。新聞のインクはこんな色ではない。

夕張は両手を振って、水を切ると、その手をハンカチで拭いた。

ハンカチで手を拭く寸前、そのほんの数秒の短い時間に――

志穂はたしかに見たのだ。

夕張の右手の甲に赤いみみず腫れが浮かんでいた。

3

もう捜査会議は開かれないだろう、とだれもが思っていた。

捜査本部はすでに解散していた。

所轄の捜査員たちも、順次、専従を解かれて、本来の仕事に戻りつつあった。

捜査一課の課員たちと、所轄のわずかに残された専従員たちとが、いわば落ち穂拾いのように、相沢を送検するための証拠を集めている状態だったのだ。

しかし、事情は一変した。

相沢が「暴行傷害」と「遺棄」で起訴されることはあっても、「殺人」で起訴されることはない。

三人（あるいは四人？）の若い女を殺した犯人はべつにいる。

月曜日、午後七時……

もう開かれないはずだった捜査会議がつづけられていた。

会議に出席している捜査員は少ない。鑑識からもだれも出ていない。

捜査会議の席には重苦しい雰囲気がただよっていた。

所轄の捜査員が席を立って、聞き込みの結果を報告している。

「夕張武史はＪＲ＊＊物流でアルバイトをする以前、豊島区のとある板金工場でアルバイトをしていたことがあります。そのときに会社ぐるみで献血をしたことがあり、その記録が残されていました。それによると、夕張の血液型はＢ型分泌型、犯人のものと思われる血液型と一致しています――」

その捜査員がすわると、今度はべつの捜査員が立ちあがる。

「新聞を配送する際、ＪＲ＊＊物流が使用しているプラスチック紐は、特殊というほどではありませんが、その用途はかぎられています。引っ越し時に使われるなど、主に運送屋が梱包などに使用するもので、一般に市販されているというものではないようです。ちなみに、このプラスチック紐を鑑識に送ったところ、清原静江頸部の索条痕とその幅が一致している、ということでした。索条痕から検出された微粒片が、やはりプラスチックであったことも、注目すべき点ではないかと思います――」

捜査員はいったん腰をおろしかけたが、何かを思いだしたように、ふいにその腰を浮かせると、

「カッターに関しては、残念ながら、髪の切り口からその刃の大きさなどを特定するのは難しいということでした。こちらのほうは何の成果もありませんでした」

井原が咳払いをし、

「品川駅橋上トイレの檜垣恵子殺害事件、品川駅第二ホームトイレの深山律子殺害事件……いずれの場合も、その当日、夕張武史の足どりは犯行時刻に合致している。品川駅は大崎駅のすぐ隣だ。大崎駅で週刊誌の配送を終え、山手線に乗れば、ちょうど品川駅で犯行時刻と重なることになる。また清原静江殺害事件についても、先々週火曜日、夕張は目黒駅から大崎駅まで、電車に乗って週刊誌を配送している。目黒駅で山手線に乗り換えた清原静江と同じ車両に乗りあわせたと考えてもいいだろう」

「…………」

「車内で痴漢を働くときには、制服を脱いで、眼鏡をかける。駅に降りた女を追うときには、制服を着て、別人のようになって、被害者に警戒心を抱かせない……これは

北見捜査官の推理のとおりだろう。大崎駅の切符を回収し、指紋を採取したのも、すべて無駄だったことになる。配送員は自由に改札を出入りすることができるからな」

「はい、質問」

と、ひとりの捜査員が子供のように手をあげ発言を求めて、

「電車のなかで目撃された痴漢はどうなるんですか？　その特徴は相沢にぴったり合致してたじゃありませんか。この夕張という男は特徴が一致しない。一致している点といえば眼鏡をかけてるぐらいのことでしょう。その点はどう考えればいいんですか」

「痴漢がふたりいるんじゃないか。相沢と夕張と……」

井原はそう答えたが、これはだれが聞いてもいかにも苦しげだ。しかし、すぐに話題を転じて、

「さっき報告のあったプラスチック紐のことだが、ＪＲ＊＊物流ではこれをタフ紐と呼んでいるらしい。これが正式な名称であるか、それとも通称であるかは確認していない。ふつう、プラスチックを熱プレスして結んであるらしい」

おかしいな、と捜査員は首を傾げ、

「清原静江の頸部には何か結び目のような痕跡が残されていたんじゃないですか。結

び目が熱プレスされたものだとしたら、そんな痕は残らないんじゃないですか」

「あくまでも結び目のような痕というだけで、鑑識もそうだと確定しているわけではない。プレスされた痕が残っていたのかもしれない」

「田崎英子の場合はどうなんだ？」

と所轄の警部補が尋ねた。

「田崎英子が五反田駅ホームから線路に落ちて死んだのは九時二十分、時間的にすこし合わないんじゃないか」

「田崎英子に関しては、わからないことが多すぎる。田崎英子という女性は、それまでの三人の被害者と、あまりにタイプが違いすぎる。それに、女性を線路に突き落として殺す、という方法は、通り魔の性犯罪としてはあまりに即物的にすぎる……一連の事件とほんとうに関わりがあるのかどうか、おれとしては判断を保留したい」

「田崎英子のスカートからドーランが検出されたという事実はどうなるんですか」

捜査本部が解散され、すでに本部長ではなくなった所轄の署長が発言した。どんなときにも非常に丁寧な口調で話す人物だ。

「夕張武史は手の引っ掻き傷をドーランで隠していた。そうでしょう？　田崎英子が一連の事件と関係ないとすれば、そのことはどう説明すればいいんですか。まったくの偶然だったとでも考えればいいんでしょうか」

「わかりません」

井原は仏頂面になっていた。

「井原よ、田崎英子のスカートの尻にはそのドーランとかで掌紋が残されていたんだろう？」

一課の係長がいう。

「それを夕張武史の掌紋と照合したらどうなんだ？」

「比較的、五体をとどめていたといっても、やはり轢死は轢死です。とても完全な掌紋がとれる状態ではなかったらしいです。横断線、俗にいう運命線ですな、これと母指球線、俗にいう生命線が検出されなかった。これでは掌紋を照合するのは不可能です」

「そもそも犯罪の可能性なしと見なされて、司法解剖はおろか、行政解剖さえなされなかった――」

それまで黙っていた那矢検事が腹だたしげにいった。

「田崎英子のことは、この際、いったん忘れたほうがいい。井原主任がいったように、つじつまのあわないことが多すぎる」

「どれもこれも情況証拠ばかりだ。決定的なものがひとつもない。なにしろ相沢を逮捕したばかりですからね。裁判所の心証ということもある。この程度の材料じゃ、とても逮捕状の請求はできないんじゃないかな」

と管理官がいった。

その言葉をきっかけのようにし、全員の視線が志穂に集中した。

「………」

志穂は内心ため息をついていた。

会議の運びから、どうせこんなことになるのではないか、と覚悟していたのだ。相沢を逮捕するのに、危険な目にあわせたばかりで、さすがにみんなそのことをいいだしかねている。

つまり志穂が自分から志願するのを待っているのだ。

つらいところだ。

「わたし、囮になります——」

志穂としてはそういわざるをえなかった。

痴漢電車

1

火曜日、朝八時五十分……

夕張は目黒駅でトラックから電車に乗り換えた。

志穂は目黒駅のホームで待機していた。

もし夕張が五反田駅までトラックに乗っていくようであれば、すぐ無線で連絡が入ることになっていた。そしたらすぐに山手線に乗って、五反田駅に向かい、そこで夕張を待つことになっていた。

が、その必要はなかった。

――夕張は目黒で電車に乗る。スタンバイしてくれ。

井原が無線でそう連絡してきた。

志穂はうなずいて、イヤフォンを耳から外した。

ハンドバッグに超小型の携帯無線機が入っている。イヤフォンもそのバッグのなかに押し込んだ。

イヤフォンを外すと急に自分が孤立無援になったような心細さを覚える。しかし、やむをえないのだ。イヤフォンをしたままでは夕張が警戒して近づいてこない恐れがある。

――大丈夫だ。

志穂は自分にいい聞かせた。

本庁一課から四人、所轄署から六人。計十人の捜査員が、夕張を尾行し、志穂を護ってくれる手筈《てはず》になっている。

孤立無援どころか、軍団《コンボイ》を引き連れて、電車に乗り込むようなものだ。どんなことがあっても、志穂に危害がおよぶ心配はない。

ホームは混んでいる。

その人混みをかきわけて、キヨスクに近づいた。

夕張の姿はすぐに見つかった。

すでに目黒のキヨスクには週刊誌を配送し終えたらしく、ホームにたたずんで、電車が入ってくるのを待っている。

今日もいつものように制服の上着を着ているだけだ。

足元に週刊誌の束を置いている。火曜日に発売になる週刊誌だった。

志穂はさりげなく夕張の視線のとどく範囲に移動した。

こうした非常に人の多いところで、すばやく、しかも不自然に見えないように、被疑者の近くまで移動するには、それなりの訓練を要する。

警察学校でも本庁の講義でも教えてくれなかったことだ。

志穂が自分ひとりで考え、自分ひとりで練習を積んだことだった。

どの位置に立てば、わざとらしくなく、しかも確実に被疑者に自分の存在を気づかせることができるか、それも人間の視野というものを十分に計算したうえで決めなければならないことなのだ。

志穂は非常に目だつグリーンのハーフコートを着ている。どんなうかつな人間であってもこの原色のグリーンに気がつかないはずはない。

ごく薄手の、軽い生地のもので、ひとつには体の線を際立たせるためということもあるが、もうひとつには、いざというとき身軽に動けるようにという配慮もある。

夕張の視野の隅に入る位置にたたずんだ。

「…………」

案の定、夕張の頭がわずかに動いた。チラリ、と志穂に視線を走らせた。

夕張の表情はほとんど変わらなかった。

が、志穂は、夕張の顔に驚きの色がかすめたのを、目ざとく見逃さなかった。

志穂はロングヘアだ。

ハーフコートの前ボタンを外し、黒いセーター、モスグリーンのミニスカート、黒いストッキングを覗けるようにしている。

ゴールドのピアス、同色のネックレス、革のブーツ……

これまでのどの被害者よりも、自分が夕張の好みの女であることに、志穂は自信を持っていた。

夕張は絶対に食らいついてくるはずだ。

そのときには夕張はこれまでに自分のしてきたことを後悔することになるだろう。

志穂は囮捜査官なのだ。

夕張は格好の獲物を見つけたつもりでいるだろうが、じつは野獣を確実に捕らえる非情な罠なのだった。

しかし……

さっきから、なにか志穂の気持ちの隅にチクチクと引っかかるものがあるのだ。なにか違和感のようなものが、執拗にこびりついているのだが、それが何であるのかどうしてもわからない。

——何なのだろう？　何がこんなに気にかかるんだろう？

気になったが、それを自分に問いつめている時間はもうないようだった。

そのとき山手線のホームに電車が入ってきた。

袴田は蒲田の街を歩いていた。

よりによって、こんな大事なときに、足を捻挫し、志穂を護ることができない。

本庁一課と所轄の刑事たちにまかせておけば大丈夫だとは思うのだが、ひとりでいると苛立ちがつのって、どうにも病室にとどまっていられなかった。

もともと袴田のシャープペンシルについていたドーランが、今回の囮捜査の発端になっている。

せめて、夕張の妻からそのドーランの現物なりを手に入れようと思いたって、病室を抜け出し、こうして蒲田の街まで足を運んできたのだった。

袴田は老練だ。

夕張の妻に怪しまれずにドーランを入手する自信はある。

いつもは木で鼻をくったように、愛嬌《あいきょう》のない袴田だが、いざ必要となれば、刑事ドラマの人情老刑事を巧みに演じることができるのだ。

この時間、すでに夕張直美は駅前の花屋にアルバイトに出ているはずだ。

その花屋の場所もあらかじめ電話帳で調べておいた。

直美の勤めている「ベル・フラワーサロン」は駅前の一等地にあって、なかなかしゃれた造りの店だった。

――そういえば世の中には花というものがあったんだったな。

そんなことを漠然と思いながら、袴田は花屋の若い女性店員に直美にとりついで欲しいと頼んだ。

が、女性店員の返事は意外なものだった。

「夕張さんはお休みですよ。このところ毎週火曜日は休んでいるんです」

「休んでる?」

とっさに袴田はそれがどういうことだかわからなかった。

ぼんやりと店内に視線を這わせた。

店の奥でべつの女性店員が花束を作っていた。

作った花束を箱につめた。そして、プラスチックの紐で箱を縛って、残った紐の端をカッターで切り落とした。

しかも、そのタフ紐は、プレスされたものではなく、通し穴のようなところで結びあわせるようにつくられていた。

これなら、絞められた頸部に結び目のような痕が残る。

「…………」

ふいに袴田は頭を蹴りつけられたようなショックを覚えていた。

自分たちがとんでもない間違いをしていたことに気がついたのだ。

「電話！　電話をお借りできますか！」

嚙みつくように女性店員に叫んだ。

女性店員は怯えたように後ずさり、店の奥に向かって、顎をしゃくった。

袴田は捻挫した足を引きずりながら店の奥に駆け込んでいった。

——志穂が、志穂が……

頭のなかで狂おしく叫んでいた。

——危ない！

2

冬の着膨れした人たちで電車は息苦しいほどぎゅうぎゅう詰めだ。

暖房がききすぎていた。

整髪料、化粧、タバコ、ニンニク、そのほか雑多なにおいが入りまじって、その熱気のなかにムンムンとこもっていた。

夕張は巧妙だった。

——慣れたものだわ。

志穂はそのことに舌を巻いていた。

ホームに二列に並んで、電車の扉が開くのを待っているときに、夕張はスッと志穂の背後に割り込んできたのだ。

じつに自然で、さりげない動作だ。

制服を着て、週刊誌の束を運んでいるために、だれもが夕張のことをＪＲの関係者と思い込んでしまうのか、べつだん、それを咎めだてする人間もいない。

扉が開くと、志穂のすぐ後ろにぴったりと張りつくようにし、電車のなかに入り込んできた。

狙った獲物は絶対に逃がそうとしない。どこまでも食らいついて離れようとはしないのだ。

そこにはある種の情熱《パッション》のようなものさえ感じられた。ゆがんで、凶暴ではあるが、しかしやはりそれも情熱の一種であるのだろう。

「…………」

志穂は夕張の執拗な視線を首筋に感じていた。

見ていると覚《さと》らせずに、夕張のことを目の隅にとらえている。

夕張は準備にとりかかった。

こんなに混んでいるのに、制服の上着を脱ぐのも、じつに素早くなめらかで、ほとんどだれもそのことに気がつかなかったのではないか。

そして志穂と自分とのあいだに週刊誌の束を置いて、空間を確保する。そのうえに上着を丸めて置き、眼鏡をかける……これだけのことをするのにほんの数秒とは要さなかった。

電車が動きだしたときにはもう夕張は乗り込んだときとは別人になっていた。

手慣れたものだ。

この夕張という若者にとって、満員電車で痴漢を働くことが、いかに日常的なことになっているのか、そのことをうかがわせた。

「…………」

背後に全神経を集中させて緊張していた。

うなじの毛が逆立つ思いだった。

夕張が動いた。

右手をコートの裾に入れてきた。あきれるほどスムーズで敏捷な動きだ。右手だけを動かして、体はぴくりとも動かさない。

志穂のほうはぴくんと体を震わせた。

ミニスカートのヒップをその指先が滑るように移動する。スカートの裾を指先で撥ねあげ、ショーツに触れようとした。

そうはさせない。

そのときには志穂は右手をコートの袖から抜いていた。左手でコートのまえをつかんで、体をわずかにひねるようにし、右手を背後にまわした。そしてコートの下で夕張の手をピシャリと払いのけたのだ。

「…………」

夕張は驚いたようだ。かすかに息をのむ声が聞こえてきた。

これまでこんなふうにして反撃してきた女はひとりもいなかったのではないか。

一瞬、怯《ひる》んだようなのは、志穂が声をあげるのではないか、と警戒したからだろう。

もちろん声はあげない。あげるわけにはいかない。

ここで夕張を突きだすのは簡単だが、それではたんに痴漢をひとり逮捕するだけのことで終わってしまう。逮捕しなければならないのは痴漢ではなく殺人者なのだ。

志穂は囮捜査官だ。

犯人逮捕には全力をつくさなければならない。その任務の重大さは片時も忘れたことがないつもりだ。

しかし……

そのために痴漢に好き勝手に体を触らせるようなことはしない。

そんなことは我慢できない。

小学生のころから男たちにさんざん嫌な思いをさせられてきた。囮捜査官を志望したのは、被害者でいつづける自分に嫌気がさしたからで、女をたんに性欲の対象としか見ない男たちに一矢を報いるためだった。囮だからといって男たちの自由にさせるつもりはない。

声をあげないと見きわめたのか、夕張はふたたび手をミニスカートのなかに突っ込んできた。

「…………」

すかさずその手を払いのける。

今度は、払いのけるときにその手に爪をたててやった。素早く、しかし清原静江が引っ掻いたのとおなじところを狙って、できるだけ深く、その手を引っ掻いてやった。

「うっ——」

夕張が小さく声をあげた。

かなり痛かったはずだ。

指先に血に濡れた感触が残った。

これまで女たちが受けた屈辱の数々に比べればそんな痛みは何でもない。

当然の報いだ。

——ざまあみろ。

胸の中で嘲笑した。

「…………」

が、夕張は執拗だった。あきらめるということを知らない。

意地になっているのか、それとも思いもよらない反撃を受けて、いよいよ欲望をつのらせたのか。

右手をスカートに触れたまま、今度は左手をコートのなかに突っ込んできた。胸を背中につけるようにし、素早く左手を体に回してくる。乳房に触れようとした。

「…………」

とっさに左腕を自分の脇に強く押しつけた。夕張の左手を腋《わき》に挟み込んで、それ以上、動けないようにしたのだ。全身に力をこめて夕張の左手を挟み込んでいた。

が、夕張はそんなことであきらめようとはしなかった。ますます強く胸を背中に密着させてきた。ほとんど背後から抱きつくような格好だ。そして左手をなんとか乳房に届かせようとする。その一方で右手をスカートの下に潜り込ませようとするのも忘れない。ゆがんだ、しかし激しい情熱だ。志穂は体をひねり、ねじって、腋で左手を挟み込みながら、素早く右手を払いつづけていた。

電車は走っている。

小刻みに震動している。

その震動にあわせ、ひとりは相手に体をいっそう密着させようとし、もうひとりはできるだけ相手から離れようとしている。

暖房がききすぎていた。

ふたりの息が荒くなった。

志穂の喉はからからに渇いていた。

夕張もぜいぜいと息を切らしていた。

それでもふたりは執拗にもつれあっていた。

満員電車のなかでだれもそのことに気がつかない。

しかし、ここで行われているのは、ひとつの戦いなのだ。男と女のひそやかな戦い。ひとりは欲望を果たすために、もうひとりはその欲望から逃れるために、それこそ死に物狂いで戦いつづけているのだった……

電車が五反田に到着し、扉が開いたときには、志穂は消耗しつくして、ほとんど失神寸前になっていた。


「夕張が五反田駅に降りました——」

無線に連絡が入ってきた。

「よし、全員、夕張から目を離すな。夕張のあとをつけろ。ぴったりマークして片時も目を離すんじゃないぞ」

井原がそう応じる。

そして、座席に深々と背中を沈めて、フーッ、と太い息を吐いた。

捜査員たちは電車で移動しているが、井原はパトカーで移動している。

全員に指令を送るのが役割なのだが、こんなことなら夕張を追って、電車で移動しているほうがよほど楽だと思う。

もし北見捜査官に万一のことがあったらと思うと気が気ではないのだ。

捜査員たちには北見捜査官よりむしろ夕張から目を離すなと命じてある。

夕張を視野に入れているかぎりは北見捜査官に危害がおよぶ心配がないはずだ。

また無線コールが鳴った。

「何だ？」

井原が応じた。

「いま、特別被害者部の袴田刑事から連絡があったんですが――」

捜査員の声はうわずっていた。ひどく動転しているようだ。

「何だ？　慌てずにちゃんと話をしろ」

井原はそう命じ、報告を聞いた。

しかし……

報告を聞き終わったときには井原のほうが動転していた。

無線を荒々しく切って、携帯電話で駅にいる捜査員に連絡した。

「夕張はどうでもいい。北見捜査官を見張るのに全力をつくせ。誰か北見捜査官を尾行している人間はいるのか！」

そう叫んだ声がうわずっていた。

「いや、しかし……」

電話を受けた捜査員はあっけにとられたようだった。

「夕張をぴったりマークしろといわれたものですから。北見捜査官に張りついている人間はひとりもいませんが」

「北見捜査官を一刻も早く見つけるんだ。さもないと——」

井原の声がかすれた。

「北見が危ない！」

駅のトイレに入った。

この時間、女子トイレはがらんとして、誰も入ってはいなかった。

電車のなかで夕張とやりあって消耗しきっていた。

夕張が五反田の駅に降りたのはわかっている。

まだキヨスクに週刊誌を配送する仕事が残っているのだ。当然、駅に降りなければならない。電車を降りるときにはもう制服を着て、眼鏡を外し、すっかりまともな配送員に戻っていた。

——鮮やかなものだわ。

そのことに感心していた。

そのことを知っているから、志穂は痴漢が配送員に戻って、自分と一緒に電車を降りてきたことに気がついた。

しかし、殺された被害者たちは、そのことを知らない。まさか電車の痴漢が、制服を着た配送員と同一人物であろうなどとは夢にも思わないから、夕張が自分のあとを追ってくるのにも気がつかなかった。

おそらく夕張はキヨスクに週刊誌を配送して、志穂のあとを追ってきているだろう。

そして、そのあとを十人以上の捜査員たちが尾行している。どこかで夕張は志穂に襲いかかってくることだろうが、そうなれば、あっという間に、夕張は現行犯逮捕されることになるはずだ。

それにしても……

――疲れた。

顔を洗いたいが、メークを落とすわけにはいかない。せめて手を洗うことにした。

洗面所で手を洗った。

手を洗いながら、ふと妙なことに気がついた。

いくら夕張が配送員であっても人目を引かずに女子トイレに入ることは難しいはずだ。夕張が被害者たちのあとを追って、女子トイレに入り込めば、いかに配送員の制服を着ていても、だれかがそれを不審に思って当然ではないか。

どうやって、犯人は人目につかずに品川の女子トイレに入って、檜垣恵子、深山律子のふたりを殺害することができたのか？

何度も何度も手を洗いながら、ぼんやりそのことを考えていた。

そのときのことだ。

電車に乗り込む以前、漠然と感じていた違和感が何であったのか、ふいにそのことに思い当たったのだ。

夕張は週刊誌を運んでいた。

週刊誌を束ねていた紐は、新聞を束ねていたプラスチックの紐とは異なり、ごくふつうの細身のものだった。

しかも、それは手でほどけるようになっていて、新聞を束ねるプラスチック紐のようにカッターを使用する必要はない。

――どうして犯人はだれにも見とがめられずに女子トイレに入ることができたのか？

ふと何かの気配を感じた。

顔をあげた。

背後にひとりの女が立っているのが鏡に映っていた。

女は青ざめ、こわばった顔をしていた。

化粧が濃い。薄いサングラスをかけている。

しかし――

見覚えがある。

夕張の妻の直美だった。

――もちろん、それは犯人が女だからだ。

とっさに振り返ろうとした。

しかし間にあわなかった。

「売女《ばいた》！」

直美は叫んだ。

手にしていたプラスチック紐を志穂の頸《くび》にくるりと巻きつけた。

体重をかけてぐいぐいと絞めつけてきた。

「………」

顔が鬱血するのを覚えた。

指をプラスチック紐にかけて、なんとかそれをゆるめようとするのだが、指を入れるだけの隙間がない。

体をよじって必死に暴れた。

が、直美は喉を絞めつける手をゆるめようとしない。もうこれで三人の女を殺しているのだ。慣れていた。

気管が圧迫され、スーッと意識が遠のいていきそうになるのを覚えた。

指をハンドバッグに伸ばした。

必死に意識を集中させてバッグの留め金を外した。

なかから携帯無線機を取りだした。

「死ねぇ！」
ますます直美はプラスチック紐に力を加えてきた。
首にプラスチック紐が食い込んで、そこから血が噴きだしてくるのを覚えた。
指で挟んで携帯無線機のアンテナを伸ばした。
携帯無線機をつかんだ。
そしてそれを逆手に持ち、肩ごしに、直美の顔めがけてアンテナを突いた。
血が散った。
直美は悲鳴をあげた。
目を狙ったのだが、直美は手をあげて目をかばったようだ。
プラスチック紐がゆるんだ。
振り返りざま、直美の顔に肘をたたき込んだ。
直美はトイレの床に仰向けに倒れた。
床を這いながら、ヒーヒーと泣き声をあげて、逃げようとした。
そのときになってようやく捜査員たちがトイレに飛び込んできた。

3

はい、わたしも最初は武史さんに電車でナンパされたんです。それはいきなり後ろから胸をさわられたときにはびっくりしましたけど、痴漢だなんてそんなふうには考えませんでした。武史さんは痴漢なんかじゃありません。

あんなことをしたのは、わたしが初めてだったし、それもとても可愛かったからなんだって、武史さんはそういってくれました。

どんな出会いでも気の持ちようでそれを素敵な出会いに変えることができる——わたしはそう信じています。刑事さんはそうは思いませんか？

いつごろから武史さんがまたあんなことをやるようになったかは、わたしにもよくわかりません。配送のアルバイトをするようになってからだと思いますけど、武史さんはとても繊細で、きっと司法試験の勉強に疲れきっていたんです。わたしはこんなふうでボンヤリしてるから、武史さんが疲れているのに気がつかなくて、いたらない妻だったと反省しています。

どうして、武史さんがまたあんなことを始めたのを、わたしが知ったのか、とおっしゃるんですか？　それは夫婦のプライバシーですから、いくら刑事さんでもお話ししたくありません。

　そんなふうにいわないでください。何度もいうみたいですけど武史さんは痴漢なんかじゃありません。女の子が悪いんだわ。武史さんは司法試験の勉強で疲れていたんです。武史さんは悪くない。女の子たちが電車で武史さんを誘うんです。そうでなければ、そんなにわたしを大事にしてくれる武史さんが、そんなことをするわけがありません。武史さんはハンサムだから女の子たちが放っておかないのよ。

　どうして笑うんですか。刑事さんには武史さんの良さがわからないんだわ。わたしにしか武史さんのことはわかりません。刑事さんは結婚してるんですか？　そうですか。結婚してるんですか。それならきっと奥さんに愛されていないんだわ。

　血液型？　いいえ、そんなふうに考えたことはありません。ただ、武史さんがあんな女たちにエッチをしただなんて、それが我慢できなかったんです。だからスカートを剝いだんです。それに武史さんのあれはわたしだけのものなんだもん。

　どうやってトイレに連れ込んだのかとそうおっしゃるんですか？　そんなの簡単じゃないですか。電車から降りた女の子に、あなた、スカートについていているわよ、といってやれば、そんなものだれでもトイレに駆け込みますよ。決まってるじゃないですか。女の子たちはわたしが女だからぜんぜん警戒しません。

愛する夫が電車のなかであんな性悪女たちにだまされてエッチをしている——刑事さんにはきっと、それを見ているときのわたしの気持ちなんかわからないんでしょうね。

火曜日にアルバイトを休んで、武史さんと同じ電車に乗るようになったのは、ここ二カ月ぐらいです。武史さんはたいてい目黒か五反田でトラックから電車に乗り換えるといってましたし、時間もだいたい決まっていましたから、そんなに同じ電車に乗るのは難しいことではありませんでした。

ええ、そうです。いつもすこし離れて武史さんに気づかれないようにしていました。

武史さんが尻軽な性悪女たちに誘惑されているのを見て、これは何とかしなければいけない、とそう思ったんです。嫉妬だなんて、わたし、そんなことしません。軽く妬《や》くぐらいの嫉妬なら可愛いけど、ほんとに嫉妬したら男の人はうざったいだけでしょ？　わたし馬鹿な女じゃありません。

大崎駅の女の人ですか？　武史さんはあの人には最後までやらなかったんです。きっと疲れていて体調が悪かったのね。だから、あの人は駅に降りようとしなかったんです。降りる必要がなかった。武史さんはひとりで五反田駅に降りてしまうし、わたし、どうしようかと思って……あの女の子、五反田駅に降りようとはしなかった。いつもだったら、武史さんのあれがスカートについているから、そのことをいえば、女の子たちは急いで電車から降ります。だけど、武史さんはまだやってなかったから、あの女の子には降りる必要がなかった。それでとっさに噛んでいたガムをあの人の髪の毛になすりつけたんです。それで大崎の駅に近づいたときに、髪の毛にガムがついていますよ、と教えてあげたんです。ガムの食べ滓《かす》を髪の毛にこびりつかせたまま、電車に乗っている女の人はいません。あの人はすぐに大崎駅で降りました。

本当はそんなときには女の人はすぐにトイレに行くものなんです。でも、あの人は水飲み場で髪の毛を拭いたり、キヨスクでウエットティッシュを買ったりして、トイレに行こうとはしませんでした。きっとだらしない人だったんですね。ああ、そうなんですか。美容院に行こうとしてたんですか。わたし、そんなことは知らないもんだから……

武史さんはあの人には最後までやらなかったし、わたし、べつに殺さなくてもいいかな、とそう思ったんですよ。でも、あの人、武史さんが大崎駅に週刊誌を運んでくるのを、キヨスクで待ち伏せしてたんですよ。それでまた武史さんを誘惑しようとしたんです。ねえ、こんなのあると思います？　妻としてこんなの絶対に許せない。

大崎駅を出たんで、その後を追ったら、どこかの男の人があの女の子を公園で殴りつけているのを見たんです。怖かった。見つけられたらわたしも殴られるんじゃないかと思って。さいわい男の人はわたしに気がつかずに自転車で逃げていきました。それで、まえのふたりと同じように、首を絞めて殺したんですけど、髪の毛のチューインガムの滓をそのままにはしておけません。だって、ガムには唾液がついているし、唾液からは血液型がわかるんでしょう？　あら、そんなの常識よ。このごろはあんまりやらないけど、昔、テレビの刑事ドラマでそんなのばっかりやってたじゃないですか。

髪の毛にこびりついたガムってなかなかきれいに取れないんです。それで、いつもお店で使ってるカッターをたまたま持っていたんで、髪の毛を切ったんです。だってそれが一番かんたんじゃないですか。

刑事さん、どうしたんですか？　なにを笑ってるんですか？　へえ、返り血のついた男の人を緊急手配したんですか。それじゃ絶対に捕まりっこないわ。わたし、返り血なんかついていないし、男じゃないもん。

はい、警察に電車のなかで痴漢を見たと電話したのはわたしです。駅の張り紙で、目撃者を探しているというのを見て、それで思いついたことなんです。中年女性？

何ですか、その人のことは知りません。へえ、刑事さんたちは、わたしのことを中年女性だって勘違いしたんですか？　捜査を混乱させるつもりなんかありません。わたし、そんな悪い女じゃないわ。あんな、女の子を石で殴りつける男なんて許せない。女に乱暴する男なんて最低だわ。あんなやつ捕まればいいんだと思って、それで電話したんです。

五反田駅の人……田崎英子さんっていうんですか。あの人にだけは悪いことをしたと思ってます。あの日も、武史さんは悪い女に誘惑されて、電車でエッチしたんですけど、わたし、うっかりしてて、その女の人を見失ってしまったんです。わたし、自分にもう腹がたって腹がたって、それで関係ない人だったけど、五反田駅で、田崎さんですか、あの人を線路に突き飛ばしてしまったんです。あんなことしちゃいけなかったんだわ。悪いことをした。そうなんですか。あの女の人のスカートにドーランがついてたんですか。わたし、武史さんにバレないように厚化粧してたから……へえ、そうなんだあ。やっぱり悪いことってできないもんですね。

武史さんが手の傷をわたしのドーランで隠していた？　いえ、そのことはわたしは知りません。きっと、武史さん、わたしに心配かけたくなかったのね。武史さんてそういう優しいところがあるんです。

武史さんはどうなるんですか？　強制わいせつ？　何、それ？　そんなの武史さん、かわいそう。いいわ。日本は法治国家なんだから、無実の人を牢屋なんかに入れられないんだから。

わたし、いつ武史さんに会わせてもらえますか？　もし長くなるようだったら、お弁当をつくってあげたいんだけど……

夕張直美は、専門家の精神鑑定結果を待って、起訴すべきかどうか決定されることになった。

解　説

青崎有吾

日本社会における痴漢《ちかん》の扱いは現在でも軽んじられがちだが、九〇年前半はさらにひどいものだった。

犯罪だという認識がそもそも不十分で、いたずら・娯楽の一種としておおっぴらに許容される側面があった。雑誌では「痴漢体験談」「どこまでなら触っても許されるか?」といった特集が組まれ、触り方のマニュアル本、痴漢常習者による手記なども出版されていたという。当然ながら検挙数も伸びず、被害者たちは泣き寝入りというケースがほとんどであった。

そんな中。九〇年代なかばから、少しずつ状況が変わりだす。

九六年二月、警察は性犯罪対策を強化し、被害者対策要綱を制定。各県の鉄道警察隊に痴漢被害相談所が設置される。九七年の埼京線一斉取締まりではのべ千人が動員され、大阪府警のキャンペーンでは「チカンは犯罪です」のコピーを配したポスターが反響を呼んだ。文字どおり、痴漢は犯罪であり処罰の対象になりえる、ということが周知され始めた。

こうした活動の結果、痴漢の検挙数・被害相談件数は増加。「電車内での強制わいせつ」の認知件数も、九五〜九七年にかけて二倍近くはね上がった。痴漢被害そのものが増加したのではなく、隠れていた被害が可視化された、というのが警察の見解だ（牧野雅子『痴漢とはなにか　被害と冤罪をめぐる社会学』より）。

痴漢と、そこから派生する連続殺人を題材にした本書の発表は、九六年初旬。まさしく時代性を捉えた一作であった。

というわけで『囮捜査官 北見志穂』、装いも新たに新登場である。

科捜研「特別被害者部」に所属する囮捜査専門の捜査官（正確にはみなし公務員）、北見志穂と同僚たちの捜査劇。一作ごとに〈五感〉をテーマにした事件が描かれ、テイストも変化してゆく全五冊のシリーズだ。

トクマ・ノベルズ『女囮捜査官』に始まり、幻冬舎文庫の『女囮捜査官　五感推理シリーズ』、朝日文庫の『おとり捜査官』と、版元とタイトルを微妙に変えつつ読み継がれ、このたび新レーベル〈トクマの特選！〉から三度目の復刊となる。しかも今回はただの復刊に留まらず、五巻以降をシーズン2としてリブート（！）する予定もあるという。

シリーズ一作目となる本書のテーマは〈触覚〉であり、〝触る犯罪〟の代名詞である痴漢が採り上げられている。とはいえ先述した雑誌や書籍のように、ふざけ半分に扱っているわけではない。北見志穂という女性の目を通し、社会の無神経さに真っ向から対峙するような描かれ方になっている。

四半世紀前の発表作であり、ポマード、テレホンカード等、ややセピア色な描写も出てくるが、本書が当時の都市生活を活写した作品であることをふまえれば、これはむしろ味だろう。そうした古さのために背を向けてしまう読者がもしいるなら、ちょっと待ってと呼び止めたい。読み逃すのは惜しい。〝芯〟の部分は十分再読に耐えるし、何よりも言わずもがな、本書はミステリーとして優れているからだ。


テレビドラマやタイトルの印象から本書にライトなイメージを持っていた人は、一読して驚くのではあるまいか。骨太なのだ。

所轄署との軋轢《あつれき》や捜査会議でのやりとり、空振りに終わる尾行などが丹念に描かれ、警察小説の趣が強い。囮捜査官というフィクショナルな存在にも、犯罪心理学の「被害者学」という背景が設定されている。事件は若い女性ばかりを狙った連続殺人であり、容疑者は通勤電車を利用する数十万人。犯人は正体不明。しかも中盤まで重要な手がかりが出ず、プロファイリングが空回りし、暗中模索が続くという構成を取っている。

一見迂遠なこの構成には、物語的に大きな意味がある。次々と容疑者が変わる中で読者が気づかされるのは、「性犯罪は誰もが犯人になりえる」という事実だ。隣人かもしれないし、家族かもしれない。被害者側の視点に立てば「誰もが自分を狙っている」ということになる。志穂のモノローグだけでなく、こうしたプロットそのものが、都市に淀む理不尽な恐怖をむき出しにする。

そしてこの「誰もが」は、ミステリ的な伏線としても活用される。

焦らした末に明かされる犯人は、チェスタトン風の「透明人間」のバリエーション、しかも都心ならでは。おお、なるほど――と膝を打ったあと、間髪《かんはつ》を容れずにもう一歩先の盲点が突かれる。

ほとんどの読者は仰天するだろう。しかもアンフェアな真相では決してはなく、冒頭からヒントが提示されているのだ。すべてはこの犯人像を読者の意識から逸らすために凝らされた、テクニカルな筆致の賜物《たまもの》であり、名匠・山田正紀の手腕にうならされる。

　動機もまた異質だが、枝葉を払ってゆくと、おや、と思う。変則的に扱われてはいるものの、これは本書の序盤にも登場する「触られるほうにも非がある」「挑発的な服を着ているのが悪い」という言い訳の一種だ。こうした詭弁はネットなどを見る限り、令和においても現役のようで、皮肉なことに本書の動機に強烈なリアリティを与えてしまっている。『囮捜査官』にはまだまだ読まれる価値があるのだとわかる。


　ところで、畢竟《ひっきょう》「おとり」とはなんだろうか。

　北見志穂を美しき誘蛾灯《ゆうがとう》として捉えるのは、おそらく間違っているだろう。男を手玉にとる愉悦は志穂の中にまったくなく、任務中は常に不安と恐怖が強調されている。囮捜査官になった理由も「被害者のままではいたくなかった」という消極的なものだ。彼女は誘蛾灯ではない。では、どういった種類の罠なのか。光を放つのでないとすれば、何が獲物たちを呼び寄せるのか。

「おとり」の語源は「招鳥《おきとり》」であるとされている。「招《お》く」は招く・呼び寄せるの意。狩猟の際、捕らえた鳥を籠に入れ、同類の鳥たちをおびき寄せていた。その「招鳥」が音変化し、現在の「おとり」になったのだという。

一方、英語で「おとり」を意味するdecoyはどうか。こちらの原形はオランダ語のde kooi。Kooiの直訳はケージ、鳥籠などで、実はこれも「招鳥」と同じく「狩猟に用いられる、獲物と同種の鳥」を指している。野生の鴨をおびき寄せるため、飼い馴らした鴨や模型の鴨を用いていた。それがde kooiと呼ばれるようになり、「おとり」全般に転じたようだ。

まったく異なる言語の異なる音を持つ言葉なのに、語義と由来が共通しているという面白い事例だ。ともあれ由来が重なる以上、「おとり」の本質はここにあると見るべきだろう。

狩猟に用いられる、獲物と同種の鳥。

「おとり」とは檻に囚われた生贄《いけにえ》であり、傀儡であり、犠牲者である。獲物たちは光ではなく、同類の姿に吸い寄せられる。

そう、同類だ。

本書を最後まで読まれた方なら、このキーワードの意味することがおわかりだろう。偶然か意図的かはわからないが『囮捜査官』シリーズ一作目において、作者は「おとり」という言葉の根源に迫り、それを謎解きに落とし込んでいたことになる。この上なくストレートな形で。

〝同類〟を〝鏡〟と読み換えれば、さらに見えてくるものがある。本編でも触れられているように、加害者たちは決まりきった言い訳をする。これこういう理由で同意だと思って。ちょっとだけなら許されるかと。なめられたと感じたから仕返しに。向こうが誘ってきたから——語りの中にいるのは現実の女性たちではなく、加害者が思い描く虚像の女性たちだ。自らと同じ欲望、自らと同じ判断基準、自らと同じ未熟さを持った〝同類〟の姿を彼らは幻視している。

まずはこの鏡を破ることが、〝相手は自分とは異なる、しかし生身の人間だ〟という認識を広めることが、現状を変える第一歩となるのだろう。性暴力・性被害に限らず、いま、この時代を取り巻くすべてにあてはまることだ。『囮捜査官』シリーズが座すべき場所は、九〇年代当時よりむしろ、現在のほうがふさわしいのかもしれない。

二〇二一年十一月

1996年2月トクマ・ノベルズ「女囮捜査官1 触姦」、1998年2月幻冬舎文庫「女囮捜査官1 触覚」、2009年3月朝日文庫「おとり捜査官1 触覚」として刊行されました。本書は朝日文庫版を底本とし改題、加筆修正をいたしました。

なお、本作品はフィクションであり実在の個人・団体などとは一切関係がありません。

徳 間 文 庫

山田正紀・超絶ミステリコレクション#2

囮《おとり》捜《そう》査《さ》官《かん》 北《きた》見《み》志《し》穂《ほ》1

山手線連続通り魔

2021年12月15日 初刷

著者 山《やま》田《だ》正《まさ》紀《き》

発行者 小宮英行

発行所 株式会社 徳間書店

東京都品川区上大崎三―一―一 〒141―8202
目黒セントラルスクエア

電話 編集〇三(五四〇三)四三四九
販売〇四九(二九三)五五二一

振替 〇〇一四〇―〇―四四三九二

印刷
製本 大日本印刷株式会社

ISBN978-4-19-894703-3 （乱丁、落丁本はお取りかえいたします）

トクマの特選！ 好評既刊

中島らも

中島らも曼荼羅コレクション＃1

白いメリーさん

反逆のアウトロー作家・中島らもの軌跡を集大成した〈曼荼羅《まんだら》コレクション〉第一弾。都市伝説に翻弄され、孤立した少女の悲劇を描く表題作。呪いの家系を逆手に取った姉妹に爆笑必至の『クローリング・キング・スネイク』。夜な夜な不良を叩きのめす謎のランナーの目的は？『夜を走る』他、ホラーとギャグ横溢《おういつ》の傑作短篇九篇＋著者単行本未収録作『頭にゅるにゅる』を特別収録。

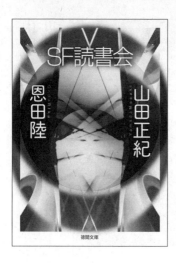